马洛伊·山多尔作品

MÁRAI SÁNDOR

EGY POLGÁR VALLOMÁSAI

一个市民的自白

我本想沉默

［匈牙利］马洛伊·山多尔 著

余泽民 译

译林出版社

无论如何我都想活下去，

直到我写完这本书，

《一个市民的自白》的第三部。

——马洛伊·山多尔，《日记：1949 年》

目 录

第一章

1

我本想沉默。但是后来，我抵抗不住时间的呼唤，我知道，我不可以沉默。后来我还意识到，沉默——至少跟说话和写作一样——也是一种回答。甚至有的时候，沉默并不是最无危险的回答。想来，没有什么会比拒绝性的沉默更能激发暴力的了。

我想说的是，从奥地利丧失了独立主权之日算起——这一天可不是随便乱算的，而是特指"德奥合并日"[1]的十年里——市民社会的文明到底遭遇了什么样的

---

1 "德奥合并日"，指1938年3月12日，纳粹德国武装占领奥地利，奥地利人在希特勒的高压胁迫下投票赞成德奥联合，德国吞并了奥地利。

命运。我相信，现在所有人都已经知道：就在那一天，旧欧洲留下的许多遗产都分崩离析。十年以来，直到今日，到底都发生了些什么？就在那一天¹的黎明时分，在恩尼斯桥上，那里是被称作"铁幕"的苏联人驻守的边境线终点，一位苏联军人推门走进了火车的车厢，要走我的护照，然后冲我敬了一个礼，准许我踏上了自我放逐的流亡之路。在这十年里，有好几个国家消亡、瓦解，王权和政权体制遭到毁灭。在这十年里，一种生活方式和一种文明也形消神灭。要知道，我就生长在这种市民主义的社会文明与生活方式之中，当我得知这种生活方式在我的祖国已不复存在时，我内心感到异常的平静。就在这段时间里，丘吉尔的战争回忆录²出版了，在第一卷的结尾，我读到这样一句话：事实要比梦想更有价值。我们从梦中醒来，我会尽我的所能记录下事实。

1　指1948年8月31日，马洛伊一家在无人送行的情况下到达布达佩斯东火车站，乘火车前往瑞士，开始了漫长的流亡生涯。

2　丘吉尔的《第二次世界回忆录》。

2

我记得非常清楚，连具体的日子都不会记错。在那个年代里，我是布达佩斯的时髦小说家和专栏作家。我的作品发表在一份影响很大的自由派报纸上。我有一部戏剧作品在国内外同时上演，取得巨大成功。我出版的书籍数量惊人，不仅有匈语版的，还有外文版的，有的时候，我确实认为自己是一位知名作家，别无烦恼，我只需要发挥自己的才能，管理好自己的生活，专心阅读，最终我会在自己的祖国成为一名桂冠诗人。我被选举为匈牙利科学院院士[1]。是的，他们从来没有告诉过我是因为什么，我自己也不理解获得这份殊荣的缘由。他们之所以选我，可能只是因为我很有名，既没偷过东西，也没闹过丑闻，而且我大概符合他们的想象，科学院的院士们也要通过自己的精神劳动而自食其力。另外，我来自一个所谓的良好家庭。

我之所以写下这一切，是想勾勒出一个不太讨人喜欢、没有什么魅力的自己的形象。我并不认为跟从事其

1　这里指马洛伊于1942年5月15日被选为匈牙利科学院通讯院士，后来，他又于1947年6月3日被选为匈牙利科学院院士。

他任何一类职业的人相比，作家会显得更有趣，或更特别。但我还是觉得，我可以通过自己敏感的身心忠实地感受到在这十年里发生的根本变化。作家、艺术家跟其他任何人并没有什么太大的不同，但是——与作家、艺术家自恋式的顽固、偏执丝毫无关——在众人中间，最终还是这些人的神经系统能够最为直接、最为敏锐地捕捉到人与世界关系的变化。我相信世界不只是物质的，相信精神也不是物质性的化学作用或电子学作用的结果。我相信《圣经》中的第一段话，神的灵运行在水面上。我也相信，《创世纪》并不只是由文学家们借助于自己丰富的想象力写下的。人类有他们的原始之书，比如《吠陀》和《圣经》，在这些典籍里，人类能够找到关于自己与世界起源的、以浓缩的方式记录下来的所有信息。后来，学者们有时用最原始的字母对神话隐含的信息进行阐释。同样，我也不认为作家——作为一种社会性的生灵——会比一位工人，一位工程师，一名医生或任何一位诚实、有才干的人在社会中扮演更重要或更特殊的角色。这既跟实用性无关，也与重要性无关。然而，作家和艺术家拥有一种——首先作为精神性的——特殊能力；他们拥有自己的预感，而这些预感，之后会以视觉的、艺术品的形式展示现实，用现实正在孕育并分娩出的、神话的初始形态展现在人类的视野里。因此，当我试图展示那一天在世界上到底发生了什么时，我别无他念，只想像一台测量仪似的如实记录下自己的测量数据。我曾是这台测量仪，一位生活在一个欧洲国家中的作家。

由于在这个欧洲国家，在我的祖国，作家从来不能靠纯粹的诗歌或为艺术而艺术的文学养活自己，而且我跟几乎所有的匈牙利作家一样，不得不从事新闻写作，以此维持我的纯文学创作，并且能够养家糊口。许多纯粹的文学英雄或如修道士般虔诚的知识分子，总是很鄙视第二职业，将新闻写作视为对伟大文学的背叛，并会贴上"叛徒文人"的异化标签。我并不认为他们这样的想法是正确的。事实上对于作家而言，新闻写作是一所出类拔萃的写作学校，当然，我所说的新闻写作，并不是指日常的新闻报道或为政治服务的写作，而是指用更高贵的写作方法为教育类或娱乐类报刊进行的写作。想来报纸有着鲜花般的活力，是作家与读者之间最直接有效的传播媒介。作家可以不被收买地，基于读者的爱心与信任为日报定期撰写专栏，并逐渐成为一个大家庭的亲密成员。他可以日复一日地在这种氛围中听到自己的文字和作家灵魂的回声。尽管这种亲密的关系并非毫无风险，但能产生巨大的教育力量。在我的国家，曾几何时，这种更为高贵的新闻写作能够给最优秀的作家们一条生存之路，而且何止生存：还能让他们习惯于自律，并让他们有机会直接感受到自己文字的影响力。这是一所能够让你直接感知、获得反馈的优秀学校。

因此，我从来都没有感觉自己像一个"机器人"，也不曾觉得自己背叛了作家的使命，在一份日报的专栏上，我日复一日地将自己的所思所想告诉读者，我可以跟那些我虽然看不见，但显然还是在场的读者们推心置腹，要知道，他们的人数成千上万。在这个亲密的大家庭里，我感觉到他们对我的接受、关注和爱护。每天我都怀着这样美好的感觉走进编辑部办公室。我清楚地记得，有一天晚上我要去剧院。那天我的心情非常好。当时我三十八岁，写作得心应手，无论杂文还是评论，我都可以落笔成章，感觉那根本就不是工作，更像是娱乐和打发时光。我自己驾驶，将我漂亮的小汽车停到新闻大楼门前。那些年我过得无忧无虑。我想说的是，由于我获得的成功，由于我活得太过轻松，以至于事后回想，会让人感到良心的不安。但是在当时，我丝毫没觉得有任何自责；也从不觉得自己背叛了文学。后来，我的良心多次审视自己，既不能再用那样轻松的心情为自己寻找开脱的借口，也不能够原谅别人。后来，我有的时候会这样认为，人们有权利对那些担负了教育使命和领导职责的同胞们——我指的是作家、教师、政治家、艺术家和领袖人物——提出要求，要求他们成为英勇的抵抗者，要求他们在自己的工作和生活中以身作则，成为榜样。然而，这是一个很难的问题，也是很复杂的要求。难道一个人的才能和社会角色只会要求他奉行禁欲主义吗？假如我在过去的那些年里工作得并没有那么愉快、那么轻松，是否就有助于我面对现在所发生的一切？假如我拒绝享受成功的欣醉，是否我就会怀着吉罗拉莫·萨佛纳罗拉[1]式的泰然走向火刑的柴堆？这个问题很难，我无法回答。我对此无能为力，我也没有当过吉罗拉莫·萨佛纳罗拉。我曾在一个东欧小国里当过时髦作家和新闻记者。我曾快乐开朗。我为自己能以那种健康的心态度过我的青壮年时代而感到快乐。我热爱写作，而且我的写作并

---

1 吉罗拉莫·萨佛纳罗拉（1452—1498），意大利道明会修士，曾任佛罗伦萨的精神和世俗领袖，建立宗教共和国。由于他施政严苛，这个共和国被佛罗伦萨市民推翻，他也被处以火刑。

非毫无成就。话说那天傍晚，就跟平日一样，我又怀着那种轻松愉快的心情走进编辑部的办公室。我将大衣和礼帽递给了男仆，然后习惯性地用一只手迅速翻看信件。我准备点一支烟，脑子里琢磨文章开头的第一句话，我要尽快写好明天的专栏，因为晚上还有朋友在剧院里等我。

我在上文中描述的那个家伙，在当时的情况下，不仅仅是我。没过多少年，我就厌烦了那个"我"，那个我熟悉的、我培养的、我创造出的，并且相信其存在的"我"。

3

房门开了，隔壁编辑室的一位年纪较长的同事[1]站在了门口。他是一个秃顶男人，由于患有某种慢性咽炎，总是不由自主地清嗓子。现在他又轻咳了一下，然后平静地说：

1　即切泰尼·尤若夫（1875—1945），匈牙利记者，从1913年开始主持《佩斯新闻报》的经济栏目。

"全民公投 [1] 被取消了。"

我嘴里叼着一支还没点燃的烟，手里握着还在冒着火苗的打火机从桌子后面站起来。我就这样看着这位来我这里串门的同事。历史，极少在人们已经做好了"历史性准备"的时候砸到当代人头上：当他们惊愕地——在现代社会，通常是从收音机里——获知世界上发生了不可挽回的大事件时，要么正在穿睡衣，要么正在刮胡子。我点燃了香烟，一边将含在嘴里的烟吐出去，一边听他说。他是一个秃顶的小个子男人，主管日报的经济专栏，是一位激情澎湃的匈牙利人，科苏特 [2] 思想的信徒和多瑙河联邦的支持者！他又咳嗽了一声。他很苍白；现在我才注意到，他面无血色。

1　1938年2月12日，希特勒在贝希特斯加登县的上萨尔茨堡山的"鹰巢"内接见奥地利总理库尔特·许士尼格，迫使他让亲纳粹的阿图尔·赛斯-英夸特加入内阁，作为应对，许士尼格很快宣布将于3月13日举行公民投票，尝试维持大局。希特勒知道后逼迫许士尼格取消公投并辞职，由纳粹分子赛斯-英夸特接替总理职务。

2　科苏特·拉约什（1802—1894），1849年匈牙利独立战争期间的匈牙利共和国元首，革命失败后流亡国外。他反对奥匈帝国体制，建议将哈布斯堡帝国变成"多瑙河联邦"。

"许士尼格[1]辞职了。"他补充道。

他局促不安地在我办公室门口站了一会儿，像是因为什么事情而感到羞愧。他低头看着地板和鞋尖，不知所措。我没有做出任何应答；所以他又清了一下嗓子，几乎不被察觉地耸了耸肩膀，转身走了，并悄悄地带上了身后那道乳白色的玻璃屋门。我一个人留在那里，而且——事后我许多次想起这事——也隐隐地感到有些局促不安，也因为什么而感到羞愧。

4

那天夜里我回家很晚。那是一个繁星漫天、夜色温暖的早春之夜。那时候，链子桥[2]还横跨在多瑙河上；大概在凌晨两点，当我驾车驶过链子桥时，注意到布达山上的总理办公厅流光溢彩，所有窗户都灯火通明。若在平时，只有在官方庆典时才会将这栋建筑映照得如此美

1　库尔特·许士尼格（1897—1977），奥地利政治家，1934年接替被刺杀的恩格尔伯特·陶尔斐斯成为奥地利第一共和国总理，1938年3月11日在希特勒逼迫下辞职。
2　链子桥是布达佩斯境内最古老、最壮美的多瑙河大桥，1849年建成，于1945年1月18日在布达佩斯围城战期间被炸断。

丽。从桥上望去，那幅壮观的景色震撼人心，仿佛那里正在举行一场隆重、辉煌的盛大庆典，整座宫殿都熠熠发光。当我把汽车开到布达山上的车库时，看到有三辆奥地利车牌、满是尘土的汽车前后一排地停在车库门前。先从车里下来的是女士和孩子。一位男士用嘶哑的嗓音跟车库管理员讨价还价："不用洗了，明天我们还继续赶路。"我想，很有可能从那之后，他们一直都在"继续赶路"。时间已经过去了十年。我把汽车停到一边，耐心等着，等奥地利逃亡者将车开进车库大厅。我跟着最后一辆开进去。当时我并不知道自己加入了奥地利难民家庭的车队。过了十年，我才明白这所有的结局。

5

我回到家里，躺下睡觉。我睡得很沉。就在我熟睡的时候发生了很多重要的事情。十年过后，我在丘吉尔的回忆录里读到，那天晚上，英国首相张伯伦和他的夫人一起在伦敦唐宁街 10 号接待了纳粹德国外交部长里宾特洛甫[1]夫妇。里

---

1 里宾特洛甫，即约阿希姆·冯·里宾特洛甫（1893—1946），德国外交部长，1946 年 10 月被纽伦堡国际军事法庭判处绞刑。

宾特洛甫的心情非常好，格外放松地与坐在他身边的人谈笑风生。

"有人将一份电报递给张伯伦。电报里报告说，德军已经越过了奥地利边境。"

当时我不可能知道这一切，因为我刚度过一个开心的夜晚并沉入梦乡，我丝毫不知，局势就从那天晚上开始以几何数列的方式迅速发展。我并不知道，就在那天晚上，奥地利总理许士尼格无论怎么打电话，他都找不到墨索里尼；威尼斯宫没有回应……与此同时，罗马兵团已经接到了墨索里尼的指令，驻扎在阿尔卑斯山下按兵不动，并没有兑现保卫奥地利的承诺，直到后来也没有出兵。十年后我们才知道，意大利人之所以没有出兵，是因为他们无能为力：他们一旦出兵，德国人会横扫罗马兵团；当时德军的实力要远远超过意大利、法国和英国军队。希特勒的这一步棋看得很准，担任他谋臣的里宾特洛甫也确实没有骗他，要知道，是他怂恿元首先出兵奥地利、再出兵捷克的，他胸有成竹地说，法国人和英国人肯定毫无准备，措手不及，这些民主国家肯定不愿被卷入战争。

元首相信了里宾特洛甫的谋算，并且也听从了自己

"内心的声音"；要知道，每当他在贝希特斯加登[1]的山顶上漫步，总能听到心中这个声音；他问他的将军们，从军事角度而言，德国有没有把握占领奥地利？将军们耸耸肩膀回答说，单从军事角度而言，出兵奥地利易如反掌，但如果法国和英国宣战怎么办？希特勒挥了下手让将军们放心，后来果真证明他是对的。当希特勒出兵布拉格时，这个"问答游戏"又重复了一遍，出兵之后，德国将军们挠着脑袋大惑不解，希特勒元首这次又有胜算了。"这个人还真有些本事……"他们暗想。一年之后，希特勒出兵波兰时，德国将军们已经什么都不再问，而是毫不犹豫地服从元首的命令。他们并不知道，也不可能知道，波兰边境是一个门槛，希特勒一旦跨过这道门槛，就等于跨进了万丈深渊。而在波兰蒙受苦难的时刻，那些始终咬牙切齿、愤懑诅咒着默默地吞下了所有伤害和屈辱的民主国家，尽管民情激愤，但由于在还没做好军事准备的情况下，他们无法对希特勒宣战。是的，他们还没有做好准备，英国和法国的民众此刻还不

---

1 贝希特斯加登是希特勒的老巢。从1923年开始，希特勒就在那里度假，后来他把那里建成了纳粹高官的官邸区。1939年，纳粹党为了庆祝希特勒50岁寿辰，建造了著名的"鹰巢"。

愿意为但泽¹去赴死，就像他们不愿为布拉格和维也纳赴死一样！那天夜里，在美国的俄亥俄州和马萨诸塞州，十六七岁的少年们香甜地熟睡，他们不会想到在三四年后，自己会战死在意大利的福尔米亚或帕多瓦²或法国的港口。他们做梦都不可能想到。

这天夜里发生了很多事情。我睡得很沉，但可能做了很多焦虑的梦。在这一刻，某种一直存在、我为之恐惧的东西，进一步地逼近我的生活——但是人的天性就是如此，更愿将距离自己八百公里外的现实，将正在那里发生的一切都视为迷雾或噩梦。那时候希特勒登上政治舞台已经十多年了——这个名字所意味的一切，带着不祥征兆的雾气在知识分子的圈子里不安地传播。但是，在德国某个地方传播的东西，毕竟还不是现实。我们对此感到恐惧、蔑视，并热烈地争论这种征兆的真正意味，我们密切关注这种征兆的种子如何落到小市民和工人们中间，并在我们的社会生根发芽。但是我们并不

---

1 但泽自由市包括波罗的海德意志港口但泽及邻近地区的近二百个城镇。1939年德国收复但泽，废除自由市并将其并入新建的但泽-西普鲁士区。二战后根据《波茨坦公告》，该市划归波兰领土，即今日的格但斯克。
2 福尔米亚和帕多瓦，分别为意大利拉蒂纳省和北部威尼托大区的城市。

相信，我们暗自惧怕的事情有朝一日会变成这般残酷的现实。

出于某种原因，人们并不真正地相信死亡——即便我们害怕它，即便所有的经验全都证明了死亡是不可避免的，但是直到最后一刻，在我们的心底和意识的深层，我们都希望它不会发生在我们身上，都相信能够找到可以将人类生命无限延长的灵丹妙药，都在潜意识中相信会发生这种奇迹：我们自己不会死亡。我们当然知道这种渴望非常荒谬。但是即便如此，人们还是不愿相信自己会死亡。因为一旦相信，内心就会陷入持久的惊恐。这种惊恐会不时地爆发。因为有许多这样的时刻，当被迷雾笼罩的死亡意识忽然从灵魂黑暗的矿道里升起，当我们没有自欺欺人，当我们确定无疑地知道我们赖以存在的一切都在某一个瞬间无可挽回地灰飞烟灭时：这就是惊恐的时刻。大多数人都用满腔的怒气应对此刻。惊恐永远都具有攻击性——在这样的时候，惊恐会发起自我攻击，或攻击别人。

那天也是一个这样的恐慌时刻。人们暗藏的恐惧突然变成了现实。早晨醒来，我在报纸上读到头版头条的特大新闻，宣布奥地利总理许士尼格辞职，并且宣布"取消公投"。维也纳电台暗哑了，匈牙利本地和国外电台也都茫然无措地清清嗓子，表示不知详情。然后，维也纳电台开始播放音乐。之后发出的第一个声音是，有消息报道，在莱塔河的对岸[1]发生了什么。这时候，一段音乐化的历史在响彻云霄的舒伯特的欢乐旋律或铿锵有力的军队进行曲的伴奏下向人们告知：一个国家已经不复存在，已经变成了一个历史概念，一座城市毁灭了，死难者数以百万计：在接下来的十年里，这些曲目将变成流行歌曲。当迦太基沦陷[2]或汉尼拔挥师向罗马进军[3]时，在那些城市里不太可能演奏音乐。但是，维也纳此刻在演奏音乐，喧嚣震耳的德国军队进行曲从广播里波涛汹涌地涌流出来，历史伴随着如此嘹亮、欢快的进行曲宣布，鲁道夫·希特勒开进了哈布斯堡王朝的首都。

我穿好衣服，来到车库——奥地利难民已经"继续

---

1 莱塔河的对岸指奥地利。莱塔河位于中欧，流经奥地利和匈牙利，最终汇入多瑙河。

2 迦太基位于北非海岸，与罗马隔海相望。古迦太基先与古希腊争夺地中海霸权，后与古罗马争夺霸权。最后在三次布匿战争中均被罗马共和国打败，前146年灭亡。

3 汉尼拔·巴卡（前247—前183），古迦太基著名军事家，第二次布匿战争期间挥师从西班牙攻入意大利北部，在多场战役中击败罗马军队。

赶路"，但是几辆新来的、满是尘土的维也纳和格拉茨车牌的汽车停在车库前——我钻进车里，开车去大学图书馆，借了一本只能在那里借到的书，然后去玛格丽特岛打网球。教练是一位年长的男子，他自己不喜欢跑步，所以发球非常小心，好像这种身体游戏和体育训练的最大意义是：不要让彼此的心脏过于劳累。这场康复式网球总共打了一个小时。然后我去游了一会儿泳，站在热水喷头下，水哗哗地浇遍我全身的肌肉，我感到灵魂如释重负，身体焕然一新，仿佛我已经完成了自己应尽的义务，驾车回到家。家里早就有许多信件和日常工作在等着我。

我把自己关在书房内；当时，我住在布达山上一条寂静街道[1]内的一栋公寓楼里，公寓在楼上的一层[2]，窗前的两排栗子树郁郁葱葱；不用我开口吩咐，女仆就会根据一份事先拟定的日程规定，先给我端来一杯橙汁，稍晚一会儿，再送来一杯很浓的咖啡。整个上午，电话机

---

1 在1946—1948年间，马洛伊住在布达佩斯布达一侧的扎尔道大街内，即现在的罗梅尔·弗洛里什大街。
2 按照匈牙利人的习惯，将地面那层叫作"底层"，楼上叫一层；所以作者说的"一层"，相当于中国人说的"二层"。

都关掉；另外，我的电话号码本来也是保密的，以防那些不懂规矩的莽撞者在我的工作时间来电话打乱我的思路。我坐到写字台前，那原来是一张用橡木板打制的、神父用过的旧餐桌，是我从费尔维迪克地区[1]的一座老修道院食堂里买来的。我伸手打开光线很强的台灯——即使是在白天，我也习惯开着灯工作——读了半小时的书。经常在每天的这个时候，邮递员会令人不快地送来很多的新书，都是别人赠送的书籍；之后的半个小时，我会再读一些别的书，通常是历史书籍，因为在那段时期里，我对所有跟十八世纪有关的东西都非常感兴趣。在我的书房里，四壁都是直抵天花板的书架，上面整整齐齐地摆放了大约六千多部藏书——其中大部分是外语书，法语的和德语的；每半年我都会扔掉许多没用的书。我有很多字典；再有就是百科全书；我收藏各种跟匈牙利语相关的和解释匈牙利语词源的字典。房间里寂静无声。我开始写作。

　　我只写了几行字，我习惯用手写，然后迅速地用打

1　费尔维迪克地区是一个历史名词，对匈牙利人来说，指斯洛伐克。在1918年之前，现在的斯洛伐克在匈牙利王国的版图内。出于民族和家乡的情感，作者始终使用"费尔维迪克"这个匈牙利语称法。

字机将刚写好的几行字打出来——在打字的同时，我已经对文字做了润色和修改。如果采用这种方式工作，无论写小说还是写剧本，我一天顶多只能写出一页手稿。三十到三十五行，我从来不会一口气写得更多；有的时候，我一句话没写完就会撂下笔，第二天我要保持同样的气息接着写。这种写作方式最适合我的神经系统。的确，我始终坚持这样；这是我每天必须完成的任务，我每天都会写这唯一的一页，雷打不动。无论是消遣也好，隔夜的宿醉也罢，不管有什么样的事情等着我去做，都不能阻止我在上午十一点左右坐到自己的写字台前，仪式性地写下这几行文字——每天必须完成的这一页手稿，像是我生活和工作的唯一理由与意义所在。但是，我必须先读一遍前几天写的那几页手稿，才能再次听到文字的节奏和语调。总之，我认为这才是"真正的写作"。利用上午那几分钟紧张而活跃的大脑，专心致志地努力写几行文学的东西。当然我在下午或晚上也会写作，但那完全是另外一回事——提纲挈领的剧本大纲，随心所欲的各种随笔，给那些与我长期合作的日报写社论，或给某家文学周刊写小说或学术文章——我只用一只手写，另一只手抽烟。给报刊写东西，我并不需要非常专注就可以一蹴而就。我的工作则是上午所写的那几行。就在希特勒开进维也纳的那一天，我也以这种早已养成习惯、绝不动摇的方式照常写作，在我书房的一个书架的下层，并排摆放着我的三十几部长篇小说和短篇小说集——我把它们藏得很隐蔽，不想让外人看到，因为我总是以不同的方式为自己的书感到羞惭，不愿意拿出来给别人看——其中还有几部国外的版本。在四十岁前，我确实写了不少书，尝试了各种文学体裁。这些令人侧目的成绩，正是由每天上午一页一页写成的手稿组成的。这种写作方式挺不错，我愿意推荐给各位年轻作家。

那一天我也是这样写作；这用二十年养成的写作方式，对我来说完全形成了一种可以被视为"生活方式"的日常作息规律。我之所以要讲这个，是因为想从深层剖析这个被称为"我"的人物，为了能让大家看到当代人对自身的命运是何等的无知，无知到了可悲和荒谬的地步。我坐在我的书房里，在一个位于欧洲的边缘地带、已经拥有一千年基督教文化的国家里，而且我相信，我是一位作家。除了这个我还相信，我归属于一个这样的阶层和这样的文明，而这个阶层和这种文明有着其自身坚实的基础。我知道在我的国家里，有产阶层，首先是大庄园主阶层，在过去的几个世纪里，特别是在最后几十年里，一直都奉行这样一种文化政策，这种政策不会剥夺这个国家中任何一个孩子受教育的机会——谁不承认这一点，谁就在说谎——然而事实上，国家并未能把公共教育落实得那么完全彻底。农民和工人也获得了教育，但前提是他们有学习的条件、能力和个人才华，能够让自己接受教育；然而真正意义上的教育，还是市民阶层和贵族阶层才可以自然而然地、无须法定特权就能够享有和接受。当然，我们不能把这一严重的指责简单化。我只能这么讲，在我心里能给出的回答是：匈牙利跟大多数的欧洲国家一样，对孩子们的学校教育是义务性的，在近几十年，文盲的人数令人欣慰地大幅度减少，肯定少于意大利和西班牙；匈牙利农民和工人的孩子学会了读和写，在学会了读写并且小学毕业之后，可以通过考试升学。即使在庄园主统治时期，也有过许多这样励志的例子，农民和工人阶层也培养出了不少天才和勤奋的年轻人，他们后来跻身到了市民阶层，在知识分子从事的诸多职业里出类拔萃，在上层的公共法律领域谋得职位。但是就全体匈牙利人而言——比如社会底层的农民、小业主和普通工人——受教育的程度仍然很低。

不知道是因为什么，他们被教育"遗忘"了。文学、音乐和美术，对于农民和工人阶层来说是自由开放的，就跟对市民和贵族阶层一样；但是，只有极少的农民和工人子弟会致力于此，因为这些领域对于专业基础教育的水平有较高的要求，而他们的社会地位和生活水平不允许他们在这些教育领域上浪费自己的体力和心力，他们必须为了日常的生计和物质需求奔波劳碌。这就是为什么当我置身于这个位于欧洲边缘的国家里，坐在我漂亮的书房内，坐在我的写字台前，伏在我位于城郊的优雅书房里的书桌上自以为是地在为这个国家写那短短的三十行字时，我实际上是那么的滑稽可笑。

我带着作家病态的傲慢和潮水般上涨的自信，相信自己从事的是精神创作。作家和艺术家都认为自己传达的是神圣的灵感，通过母语向自己的同胞传递来自天上的讯息。但是事实上，我并不是在给一个国家写作，而是为几个拥有跟我相同的特殊品位和文化素养的人写作。从比例上讲，这类人在匈牙利并不是很少。在落陷前的匈牙利，许多人将钱和时间花在要求有较高层次的精神追求的文学艺术上；从比例上说，或许要比周边国家，甚至比那些更富裕的、文化程度更高的西方国家还要多。

　　　　　　　　　　　　　　　　我本想沉默

当然，这些人——读者、艺术爱好者、听音乐会的听众和看展览的观众、去剧院看戏的城市居民——并不总是出于由衷的喜好和内在修养的需要才热爱文学艺术的。他们中许多人是附庸风雅、贪图虚荣的有钱人，他们出于追赶时尚和自我炫耀的目的才对文学"步步紧跟"。但是不管怎么说，在我们国家还是生活着相当一类重要的人群，对他们来说，文学艺术和文化教育至关重要。在那段时间里，贵族们已经丧失了文化教育赞助人的历史地位；但是市民阶层，特别是费尔维迪克地区和艾尔代伊地区[1]的市民阶层，以及外地的犹太人，他们带着真诚的信念和自我牺牲的精神对待所有匈牙利知识精英的精神成果。第一次世界大战结束后，《特里亚农条约》强行把匈牙利的艾尔代伊地区和费尔维迪克地区割让了出去，正是那个拥有良好文化素养的社会阶层从匈牙利民众的群体里挺身而出——这个阶层有着自身的传统和自我意识，他们清楚地懂得自己的角色，他们要承担起这一使命，要护卫和振兴匈牙利文化。

生活在多瑙河与蒂萨河之间地区的富裕农民、士绅，

1　艾尔代伊地区，指现在罗马尼亚中西部的特兰西瓦尼亚。

还有佩斯的商人、代理商等市民阶层，大多数人跟匈牙利文化并没有保持诚心的联系。但是费尔维迪克和艾尔代伊地区的市民阶层与外地的犹太人则不然，他们非常注重民族文化。的确，在首都布达佩斯，犹太人中的"大市民阶层"从匈牙利贵族手中接过了文化护卫者的角色；但是，"佩斯市民"——主要指从四面八方移民至此的犹太人、施瓦本人[1]混合成的一个粗鄙而肤浅的群体——大多只热衷于在布达佩斯的咖啡馆、环路边的报馆和轻浮美人的庇护所中充满勃勃生机的佩斯精神，而这种所谓的"佩斯精神"跟民族精神并无太多的关联。

我现在想说的只是，在那个四月的早晨——我仍跟在过去的二十年里一样——我坐在自己位于布达山上的书房内，坐在我的大写字台前继续我已经开始了的工作，对我来说这是雷打不动、必须完成的任务；我知道，出于某种原因，我还是不能专下心来写作。事实上，我只是给几个文学迷和一万到一万五千位来自市民阶层的读者写作。在

---

1 施瓦本是位于德国西南部的一个文化、语言、地理区域和历史地区，包括今日巴登-符腾堡州东南部和巴伐利亚州西南部。该名称来自中世纪的施瓦本公国。匈牙利人说的"施瓦本人"，主要指匈牙利境内的德裔。

匈牙利，可以半开玩笑半认真地这样讲，那些专业从事出版和售书的人总是习惯性地抱怨，说匈牙利读者群并不会出于自发的热情主动买书：必须想方设法地——经常得求助于代理商——使用各种巧妙的伎俩把书卖给他们……这话并不全是真的，但是这种抱怨并非全无道理。我再说一遍，外地的，当然还有布达佩斯的犹太人，他们喜欢买书，然后是费尔维迪克地区和艾尔代地区的知识分子。能被书商们称为"读书党"或"自觉购书者"的人只是很窄的一个社会阶层。我为之写书的读者群体是所有的匈牙利作家，其中包括那些来自农民或工人阶层的作家，我写这些人的生活和烦恼。工人和农民是不买书的；乡村研究者和社会主义作家的著作，也只是市民阶层才会阅读。或许只有在过去的社会民主派人士中有很少一群人，愿意从自己少得可怜的收入里攒出一些钱来用于买书。

　　总之，在这个小国家的日常生活中，大约有一万到一万五千人会主动自觉地或经过说服后，愿意花钱支持民族文学；这可是不小的帮助。这一万五千人从封建制度的统治者中接过了文化护卫者的角色，他们理解，呼唤，并想要振兴匈牙利文学，是他们维持了作家们的生计，让他们能够用一种孤独的东方语言创作出重要的作品。匈牙利的市民阶层从十九世纪中期，从社会角色发生转变的那一刻起，就开始履行他们对匈牙利文化所承担的义务。文化通常只是一个阶层的特权和体验，这一事实既不能取决于它，也不取决于文学。

匈牙利社会制度的深层结构决定了，广大的民众只停留于基本的读写能力，没能达到文化修养的层面。当然存在例外，而且这个数量还不算少，但是如果我们做整体的考察，那就必须承认，这种苦涩的指责是真实有据的。一个人要想接受这个被指责的事实，就必须研究匈牙利历史的形成和演变。可以肯定的是，丹麦、瑞典、荷兰、英国、法国的农民和工人的平均文化程度要高于匈牙利；奥地利和德国的工人与农民也读书较多，这些欧洲民族——无论他们的历史多么的血腥——都未曾像匈牙利社会经历了这么多的痛苦磨难。

我们必须记住奥斯曼土耳其人占领的时期[1]。在阿尔帕德王朝及后来的安茹王朝统治时期，匈牙利曾是重要的

---

1 奥斯曼土耳其大军于1526年在莫哈奇战役中击败由匈牙利国王拉约什二世亲率的王国军队，从此占领匈牙利，进入"国家三分时期"（匈牙利王国、土耳其占领区、奥地利哈布斯堡王朝控制区），直到1686年奥地利军队解放布达。

欧洲大国。它的人口超过四百万，比当时的英国还要多。它的社会制度和文化机构的发展都符合当时整体的欧洲精神。当土耳其人从匈牙利撤走之后，在经历了外族长达一百五十年的占领、压迫、屠杀和野蛮统治后，匈牙利的人口减少到一百五十万。国家的大部分地区人口稀少，那时候塞列姆地区、巴恩地区住的基本上都是施瓦本人。在这一百五十年中，国家的脊梁被打断了。匈牙利这个来自东方的、天赋独具的强大民族，经过土耳其人的占领，不再是欧洲的一支重要力量。在那一百五十年里，匈牙利人跟野蛮、残忍的占领军讨价还价，屈辱忍受，凶悍的耶尼切里军团[1]驱赶走许多代匈牙利儿女，掠夺了整个国家！这个民族在这样恐怖的磨难中被折磨得虚弱不堪。如果说，匈牙利在经历了土耳其人占领后，在社会发展方面落后于西方国家，这一点并不能用人民自由的需求或社会文化的缺失来解释：简而言之，缺乏民族凝聚力；市民阶层，不仅根植于社会的深层，并从生命力旺盛的文化底蕴中汲取养分，它在承担了自己的社会和历史角色之后，将会正式接过国家领导权。在国

---

1 耶尼切里军团指苏丹亲兵，也称土耳其禁卫军或土耳其新军，是奥斯曼土耳其帝国的常备军队与苏丹侍卫的总称。

家三分时期，只有费尔维迪克地区和艾尔代伊地区基本上幸免于土耳其人的践踏，市民阶层才得以获得真正意义上的发展，并成为西方意义上象征社会力量的市民阶层。在多瑙河和蒂萨河之间，在多瑙河南部地区——在这里残留下的市民文化相当贫瘠——没有别人在这里生活，只有大领主和农奴。在这一百五十年中，一个国家的根基被动摇了；留下的只是贫瘠的土地和人口的剧减，留下了许多外来的施瓦本人、斯洛伐克人和拉茨人的后代，留下了一个神奇的避难所——匈牙利语。我们用这种孤独、特殊的语言写作，从骑士时代开始，每一位作家都使用它。匈牙利语是最后的避难所。就在这天早晨，当希特勒穿着雨衣站在一辆巨大敞篷车里频频招手，伸直手臂，用他那变了形的恺撒式军礼率领他的部队开进维也纳城时，我正是在使用这种语言写作。我坐在布达山上我美丽的书房里，用匈牙利语写作，写给谁呢？……当时我并不知道，就在这天，匈牙利文化的最后一批骨干也走向毁灭，要知道，自土耳其侵略者撤走之后，他们即便只剩下了残兵游勇，但仍始终不懈地努力，建设，呼唤，并护卫传统的匈牙利文化；这是悲剧性的一天，匈牙利的市民文化毁灭了。

6

　　我不了解，我对许多的东西都还不了解。然而，一个人并不仅仅用他的脑子了解命运，而是还能用他的内脏。因此就在那天，在我垂头丧气地写完了三十五行的作业之后，或许我用我的肝脏和胆囊感觉到了怀疑——不过，对于自己怀疑的真正意义我还不太清楚，或者说，我还不敢相信——我怀疑我写的这么多行文字毫无价值。

　　可以想象，在那一天的清晨，并非只是我感觉到了某种非同寻常的惊恐。不光只是外交官们在焦虑不安中惊惶地醒来。希特勒终于行动了！他们心悸地暗想，并用隐喻式的外交术语下了一个定义：狐狸老谋深算。在家具精美、格调优雅的欧美大使们的办公室里，专家们围着一只正在随历史的车轮缓慢转动的地球仪，目不转睛地盯着球体上的地理标记。强大的德国军队行动了！而且他们清楚地知道，至今位置所发生的一切，都不过是"热身"而已，只是在为"开始"做准备，就在那一时刻，世界局势正随着在地球仪上以"毫米"计算的运动发生着生死攸关的变化。毫无疑问，这些外交官们，这些杰出的专家们清楚地知道：从历史与现实的角度看，这种以"毫米"计算的运动将会给整个地球带来天翻地覆的改变。犹太商人们紧张地赶到自己的店铺，为最坏的可能做打算；要知道，犹太人出于自身对历史性危机的本能性敏感，时刻都在观察局势的发展；尽管他们从一生下来就学会了谨言慎行，但是无数的事实表明，即使这样也不总是管用，所有的一切都有其逻辑性的结果。那些格外紧张或非常聪明的犹太人天一亮就已经开始收拾行李，开始着手应对，万一德国人想占领的不仅仅是维也纳，还有……但是这样的人毕竟还是少数。世界各国的职业军人们也都在密切关注事态的发展，他们出于自己的天职而感到默默的得意和兴奋，因为他们感觉到，自己一辈子都在为这一伟大的时刻做准备，多年的军事学习、实战训练和对军工知识的深入了解都没有白费，现在都能够派上用场：如今已经发生了什么，这个世界很快就将需要他们这些军人。目前，所谓的"世界局势"尚未彻底明朗，人们还难以准确地感知并做出判断，没有人能够透过一张由许多前提条件和制衡关系编织成的看不见的巨网而确定无疑地勾勒出未来的景象。更不要说，希特勒在维也纳险些遭到一位奥地利爱国主义分子的刺杀，但是后来我们也正视了现实，这种偶然性事件并不能遏制"德奥合并"在民众生活中引发的强烈地震。因为，在那一天行动起来的不仅是希特勒，整个德国也行动了起来，要知道，这个强大的巨人是由八千万有血有肉之人组成的；这个巨人一旦行动起来，没人能够阻挡住它一个接一个的步伐，它的重心失衡，势不可挡，要么一直冲到终点，要么以它的全部体重撞到墙上，并将自己撞得粉碎。听到这个骇人的消息，许多军官和外交官都不敢相信这会是真的，所有没有全瘫或耳聋的人都在紧张地交头接耳。过了相当一段时间，在经过许多议论、观察和清嗓子之后，人们终于在某种程度上达成了共识。然而在那个时刻，即便再聪颖的人能够知道的也只能是这个：德国巨人行动了，把小小的奥地利拽到自己身边，现在已经收不住脚步，不可能中途停下，只能继续向东，它体内的力量迫使它继续前进，沿着他已经走上的路，朝着肥沃的乌克兰麦田、普洛耶什蒂[1]和巴库[2]油田、苏伊士运河，或许还会朝着巴格达，所到之处横扫一切，将所有挡在路上的东西和人都攒到手心，踩在脚下。

1　普洛耶什蒂，位于罗马尼亚东南部的一个城市。
2　巴库，今日阿塞拜疆首都。

另外，还有一点他们能够理解，或者说他们自以为能够理解，认为"东进策略"意味着德国对苏联展开的"防御"。年长的豪绅们坐在英国和美国的大银行家和大工厂主秘密的、加了隔音层的办公室内，眨着眼睛，抽着雪茄烟阅读《伦敦日报》或《纽约时报》上的新闻报道，一边摇头，一边猛吸，因为希特勒和他的军队开进了奥地利。对于这些年长的绅士表现出的愤慨，很少有人会感到怀疑，敢于说出来的就更少了，毫无疑问，他们感到愤慨不仅因为一个大民族粗暴地践踏一个小民族，还因为他们担心德国帝国主义在政治、经济和精神领域上的进攻疆界将会继续向外扩展……然而，当他们想到有朝一日，德国帝国主义将在欧洲边境的某个地方筑起一道抵抗苏联人的堤坝，将在伏尔加河岸边设立一道固若金汤的防线时，心底还是感到相当的欣慰。他们会在莱茵河畔拦挡纳粹，让纳粹先在伏尔加河的某个地方阻止住苏联人的西进。他们这样暗想。他们去了证券交易所、俱乐部和议会，义愤填膺地公开抗议希特勒进攻奥地利。

　　事实上，谁也没有行动起来。希特勒率领他的军队开进了维也纳。墨索里尼的人生从那一天开始，就被盖上了

"对奥地利人见死不救"的可悲印戳，因为是他下令让意大利军队继续驻守在阿尔卑斯山下按兵不动；显然他也无能为力。法国总理莱昂·布鲁姆愤怒地表态，然而身为人民阵线领袖的莱昂·布鲁姆，曾经多次在国会投票否决法国的军事贷款。英国首相张伯伦则为了完成那项可怜的、令人尴尬的任务[1]而不辞劳顿，很长时间都周旋于戈德斯贝格、慕尼黑和伦敦之间，他已经准备好了要在独裁者面前承受屈辱，尽量拖延时间，他手里没有武器，没有军队，因为英国人民不希望战争，因为法国人支离破碎的社会、政治和军事结构既担负不起西方战线的保卫任务，也无力援助他国，因为——总而言之，因为他寄希望于某种突如其来的意外转折，寄希望于最终能找到逃脱的方式，让这不幸的一代人能够免于第二次世界大战。在很长一段时间里，张伯伦扮演的都是一个可悲的角色，而那天早晨，他的表现尤其让所有人感到异常愤怒，要知道，在奥地利和欧洲大陆的各个角落，所有人都期待英国能够向希特勒宣战。但是张伯伦不可以这样做，他清楚地知道自己能做什么和不能做什么。在那一刻，他别无选择，只能忍辱负重

1　这里指英国首相张伯伦在二战期间奉行的绥靖政策。

地承担起一个跟大国领导人身份不符的可悲角色，一个讨价还价、乞怜求生的角色。英国人——包括为此感到蒙羞的英国人——都在自己的意识深处表示理解，就在希特勒率军开进维也纳的那天早晨，张伯伦别无选择，在那一天和接下来的一年半里，他能做的仅仅是：等待……等待什么？或许等待有谁把希特勒击毙，把大独裁者揍扁，或者英国人发明出一样强有力的武器，或者在德国突然爆发一场革命，或者只是等待时间拖延到再不可拖延、必须做出决断的那一时刻。

有一个人，丘吉尔，他肯定知道等待是徒劳的，做出决定是不可避免的。但是当时丘吉尔还没有掌权，问题是，如果那天早晨担任首相的是他，他有没有能够采取行动的方式呢？人类的悲剧存在着某种无可变更的内在时间表；必须等待一切都发生，等到无法避免的事情也随之发生，那时候才能够采取行动，一刻都早不了。罗斯福在那天早晨也沉默了，我是个普通小民，不可能知道美国总统那一刻的想法。没有人能清楚地知道斯大林在那一天早晨都想了些什么，不过，当时斯大林早已是一位著名的沉默者了。所以，他别无选择，只有沉默和等待，等待希特勒在占领了维也纳之后挥师布拉格，与斯大林缔结《苏德互不侵犯条约》，并有一天进军到波兰边境。但是到了德军入侵波兰时，岁斯福也不能继续保持沉默，张伯伦把雨伞戳在角落里，法国人开始感到极度的恐惧和愤怒，之后不久，德国和苏联的外长们在被剁碎了的波兰边境的某个地方举行了会谈。

就在那一天，所发生的一切都有着有机的内在结构，就像在原生质体的内部存在着有朝一日会慢慢发育成一个身心合一的个体的可能性。

就在那一天，有很多人感到愤怒，但也有些人偷偷地希望希特勒——他现在已经行动了起来——有一天能够驱赶苏联政府。这些伟大的智者和比别人聪明十倍的预见者无所不知，但是唯独有一样事情他们不知道，他们不知道这句农民的朴素真理：不能用别西卜来驱赶魔鬼。但是这个再简单不过的真理，人类永远都不可能学到，无论他们经历过任何的恶果；后来，我亲历这所有的一切，或许将来我还会再次亲历，总之，所有的一切都证明了，人类始终都没有领悟到这一真理。相信纳粹主义可能成为阻挡苏联政府的某种防御墙的人恐怕为数不少，这些人始终活在不负责任的状态里。

就在那一天，希特勒占领了维也纳，而这种偏执、极端的错误观点和信念开始慢慢形成，人们认为只有法西斯主义才是制衡苏俄的强有力对手。正因如此，希特勒可以不受惩罚地出兵维也纳，然后挥师布拉格，世界上形形色色的、二流的专政体制的小独裁者也都乘机发展，赖此生存，墨索里尼的权力也因此得到强化。我知道这个问题十分复杂，民主国家要想运用自己所拥有的手段动员起民众保家卫国，要比独裁者做起来困难得多。希特勒也清楚这一点，这对他的胜算至关重要。

　　我不可能知道这所有的一切；我只是怀疑世界上正在发生着什么大灾难。多瑙河盆地的所有人也都跟我一起忧心忡忡。那些拥护纳粹的人听到这一转变十分高兴；但是即使他们，如果他们是匈牙利人的话，当他们从那些逃回家乡的同胞嘴中听到维也纳陷落这个巨大的、悲剧性的消息时，也会忍不住地连连摇头。这些逃离者说，入侵的德国部队在维也纳环路上受到当地民众的夹道欢迎——奥地利的纳粹分子早已提前做好了准备工作——人群里响起一阵阵符合德国人口味的大声欢呼：向巴拉顿湖进军！[1]……长达四百年之久的哈布斯堡王朝统治在匈

1　巴拉顿湖位于匈牙利中部，是中欧最大的湖泊。"向巴拉顿湖进军"，意为"向匈牙利进军"。

牙利人的心灵里留下了复杂的记忆。1848 年，在欧洲自由运动的风潮里，匈牙利民族也曾拿起了武器，试图争取独立和自由，然而悲壮的尝试失败了，奥地利人在苏联人的帮助下血腥地镇压了匈牙利的自由斗争，许多优秀的爱国者先后被绞死，被投入监狱，或被流放他乡。但是过了一段时间，双方妥协，成立了奥匈帝国，虽然这个社会、经济和文化的二元制帝国带着各种不完美的、沉重的负荷，因为匈牙利和波兰还停留在大庄园主的体制，但是这个帝国还是为五千万人提供了法律保障和维持社会、经济平衡的可能性。

这个帝国在诸多的方面并不完美，发展不均衡；就帝国人民的社会发展而言，显然落后于法国社会和英国社会——大革命在帝国里倏然溜过，就像在英国，英国人试图用社会教育来替代暴力革命——然而它是一个巨大的统一体，在帝国的内部，奥匈两国的经济财富、奥地利的制度、绝对君主制的行政经验都为兄弟民族提供了共存的方式，同时也为匈牙利人保持民族自身特性、提高匈牙利社会民生水平提供了可能。1867 年奥匈帝国的创建者们后来遭到了很多攻击。狂热的匈牙利爱国者们指责说，匈牙利民族与统治王朝的苦涩和解，对于匈牙利民族意识和独立精神的损害远远大于王国的获益。从奥匈帝国成立到第一次世界大战那些年里，有许多批评来自匈牙利方面，一些批评者这样认为：在这种温和的和平中，在民族妥协期间，匈牙利民族丧失了在1848年自由斗争中以撼天动地的力量表现出的那种所向披靡的气势：奥地利帝国主义通过妥协的代价赢得的利益，远远多于武力镇压匈牙利自由斗争。如果我们拉开一段历史的距离回顾那段时期的话，或许我们也可以从这一指责中找到一点点真相。

事实上是，经过了土耳其占领者和哈布斯堡王朝的几百年统治，匈牙利民族始终渴望和平。1848年的巨大牺牲并没有白费，因为在那个体制里我们守护住了匈牙利的民族性，在宪法、学校和文学里，我们保持了自己的语言与民族的独立。但是，匈牙利人厌倦了总是要以英雄主义的行动回应世界局势的变化，对已成定局的多瑙河地区局势发展的时间问题做出回答。匈牙利民族于1867年与统治王朝握手言和，之后的半个世纪并不属于英雄时代，而是和平建设与文化发展的时代。只有不顾事实的偏执者才会否认这一点。此外，还有与这个问题存在着有机联系的另一个问题，假如我们继续保持抵抗的姿态——假如别无出路，只有跟匈牙利民族的精神气质相符的被动抵抗——我们民族的社会、政治、文化发展的结局可能会变成什么样？由于我们无法用反向实验的方法做出回答，所以提出这个问题没有意义。但是我们还是要想到土耳其人占领的一百五十年，以及随之而来的奥地利统治时期，尤其更要想到《特里亚农条约》，它不仅将三分之二的匈牙利领土和人口从我们民族的肌体上割掉，而且——我要再次强调——还使我们丧失了那个重要的社会阶层，丧失了费尔维迪克和艾尔代伊地区的知识分子，要知道在那段时期里，他们是匈牙利民族文化的拥有者。

我不是一位历史学家，所以我不认为我有权从历史的角度——哪怕只是对最近发生的事件的角度——进行任何贸然的判断。但是，我是一名匈牙利作家——尽管在那段时间里，在排斥施瓦本人和斯基泰人[1]的那个特殊时期，总会有一些心术不正、心机叵测的家伙们试图剥夺包括我在内的许多人宣称自己是匈牙利人的权利，理由是我们的祖先既不是一千年前迁徙来的，而且最初抵

---

1 斯基泰人，古希腊时代的半农耕半游牧民族，居住和活动于欧洲东北部、东欧大草原至中亚一带。

达的并不是这里，也不是经过威莱茨凯伊山口来到这里的——我认为，一位匈牙利作家有权从历史的角度谈论民族的命运，即便他的职业并不是写历史。我有这个权利，因为是匈牙利人，尽管我的祖先是三百年前从德国移民到这个国家的；我有这个权利，因为我生在匈牙利，我的母语是匈牙利语，我的所有情感和个人命运都跟匈牙利息息相关。

在过去几年里，我思考了很多很多：到底还存不存在民族情感的所有权？在核动力、无线电、飞机的时代，这是不是一种美好的执念？也许是吧；但是直到一个能够超越于种族和语言的大一统时代到来之前，每个人都有权利享有这种执念，即使时间的车轮已经碾过国与国之间的边境线。目前我们看到的是，对于民族情感最可悲的表达是帝国主义者的民族主义，毫无包容之心的沙文主义，这都是强权政治的典型表现，它不分种族，也不分国家大小，性质相同，表现一致：毫无疑问，苏联就是一个斯拉夫沙文主义的实例。只要人类还未拥有能够超越于国家之上的社会共生思想，那么我就相信，一个人也有权坚持他的匈牙利民族思想。我用这个民族特殊的、来自远东的孤独语言写作，并且知道，我永远不会用外语写一行有完整价值的文字！我之所以会这样，并不是因为我缺乏能力，并非仅仅因为"作家在自己母语的环境之外是一个瘫痪、残疾、口吃的人"，只要我活着并且写作，我就永远不会放弃我的匈牙利民族思想。对我来说，这是我唯一的拥有。也许我是错的，但我别无办法，我必须相信民族个体的合法性，即使在专制时代也是一样，否则我会放弃生存与写作的意义。我之所以要讲这些，只是因为我要唤醒那一天的记忆，就在那天，匈牙利的民族独立遇到历史上最大的危险。那是奥匈合并的日子。

所有人做梦都不会想到，就在那一天，匈牙利面临着什么样的危险。政治家和外交官们看到的只是飘浮在眼前的危险迷雾。或许只有诗人们在低声沉吟，因为他们有一套特殊的神经系统，在他们看来，那是致命的一天，一个不祥的毁灭进程就从那天开始。没有人会知道，整个国家都会随着那一天后发生的一系列事件被卷到毁灭的悬崖边，并且不得不付出复杂的、悲剧性的代价；没有人会想到时隔不久，就在十年之后——对于历史的表针而言，时间或许都不足一秒——匈牙利人就不得不惊愕地直面一个生死攸关的问题：是否要融入苏联人的队伍？是否要跳进斯拉夫人炽热的大熔炉？在那里，匈牙利人必须丢弃自己民族的特性，顶多只能保持自己的母语；过不了多久，只要东方宗教里的那些虔诚而严厉的萨满祭司允许，人们会看到一条匈牙利文的经幡在风中招展……因为在德奥合并的那一天，这一进程也随之开始。十年过去了，这所有的一切，在匈牙利的千年历史长河中，在欧洲强劲发展的进程中，在传统的教育和文化中，在欧洲的生活方式里所创造的那所有的一切，都在这座大熔炉里被完全改变。就在德奥合并的那一天，在诗人们中间也只有那些病态的、疯癫的忧虑者才有胆量为此担心。

7

就在希特勒开进维也纳的那一天，匈牙利市民阶层的绝大多数人都赞成德国国家社会主义思想，也就是纳粹思想。现在，当我写下这句话时，我必须说服自己：一定要保持客观的立场。匈牙利的农民从来都不具备德国国家社会主义者的思想；他们确实不清楚那是什么意思。在这个国家领导层里——现在我指的不是地位较低、具有小布尔乔亚思想、生活水平不高的公务员和军官们——那些富于民族责任感的上层官员在那段时期更害怕纳粹，而不是乐于亲近它。而匈牙利贵族，那些拥有荣耀青史的高贵姓氏的大领主们则坚决地、勇敢地反对纳粹——几年后，他们中有不少人被送进了纳粹集中营——他们拒不接受纳粹思想，即使他们中有些人为了维护自身的安全和封建利益，为了保住大领主制，会在纳粹统治时期与一些尊重"私有财产"、拥有大庄园的普鲁士和波美拉尼亚年轻贵族签下"利益交换"的合同。至于犹太人，就是在《特里亚农条约》后的匈牙利，他们的人口数量也相当大，约占全国人口的十分之一，毫无疑问，他们对意味着致命威胁的纳粹主义感到十分地恐惧和厌恶。但是，匈牙利市民阶层是一个成分相当混乱、复杂的社会阶层，其中还包括那些退休上校的夫人、士绅的遗孀、兽医、律师、助理电工、部长顾问、现役少校、邮递员和皮革作坊的负责人：他们在匈牙利被称作"穿裤党"[1]，他们中有很多人或者公开、或者秘密地自称是"纳粹之友"；在那段时间里，公开自己"亲纳粹"观点的人占大多数。

那十年里的匈牙利大选就证明了这一点。这些政治上的赌徒即使不公开自己的观点，也总会以秘密的方式向

1　"穿裤党"，是相对于法国"无裤党"的一种称呼。"穿裤党"指有产阶层的温和派。

那些揣有种族主义的"极右翼思想"的、参加大选战的党派输送大量党徒。形形色色的"右翼"思想在这个人群中发酵，他们抱着共同的目标。他们既有衣着考究的右翼分子，也有蹬马靴、穿制服、打绑腿的右翼分子。这些黑影在"民族主义"思想和"种族主义"的旗帜下聚集到一起。就在希特勒开进维也纳的那一天，匈牙利社会的大多数知识分子已经明确、公开、勇敢地承认自己是"右翼的"。假如将来有一日，有一位匈牙利的历史学家想为已经过去了的、匈牙利人的社会历史写一部著作的话，那么他将面临的一项艰巨任务就是：必须分析"右翼"这个词的真正含义。在那些年的匈牙利，究竟应该怎么理解"右翼"这个词？在一个国家，除了传统的"库伦茨"[1]姿态之外，自由思想和自由主义的传统观念到底有没有可以让人触摸的、货真价实的传统？……匈牙利社会的一个重要阶层——我首先指的是老一辈自由主义者的后代，即匈牙利的市民阶层——开始以"右翼的"思想感受并思考，甚至不加掩饰地公开承认自己的所信和所想。

　　十年之后，匈牙利革命党这样批评道：匈牙利的知

1　库伦茨，17—18世纪在匈牙利王国境内公开反抗哈布斯堡王朝的起义军。

识分子都有纳粹分子情结，因为他们大都是"反动派"。于是，这句简单有力的说法到处传播，传遍了议会、新闻媒体、文学圈和公共生活，导致了严重的后果。起初，这种指责听起来像是跟某个人讲，水是湿的，因为水就是湿的。让我们好好分析一下这个指控。在那十年里，在德奥合并前后的那些年里，从匈牙利革命党的角度看，匈牙利市民社会中的大部分人确实是"反动派"。话说回来，到底什么是反动派？谁是反动派呢？首先要弄清的是，所谓的"反一动"是"反"什么样的"行动"？这种"行动"是指苏联人的思想和实验，在第一次世界大战后，它不仅在匈牙利进行，而且在当时的苏联也很风行。后来左翼分子也极力推行这一实验，甚至一度建立过一个为时只有四个月的苏维埃政权。

那段历史虽然看上去如昙花一现，但不仅让银行家、工厂主、封建领主、金领人士和沙龙精英们警觉起来，而且让匈牙利社会各个阶层都在自我意识的领域里激发出深远而汹涌的热情。跟随苏联军队的步伐，匈牙利革命党人重返家乡，在经历了四分之一世纪的监狱囚禁，被判为非法、迫害和流亡之后，在内心深处，他们对所有事和所有人都积蓄了无可平息的不满，他们清楚地知道，那段历史虽然短暂，但在匈牙利社会的灵魂深处留下了铭心刻骨的记忆。他们清楚地知道这一点，因此直到 1949 年，无论是在他们的媒体上，还是政治学习班上，他们都从来不提那些会唤起人们对 1919 年革命的记忆的英雄们。后来，苏联军队进入了布达佩斯，匈牙利革命党在接管了政权后，更改了大量的街名；但是在 1949 年之前，他们连一条街道或广场的名字都没有改过，哪怕是一条小巷的名字，都没有改成 1919 年苏维埃共和国领导人的名字。这座城市到处可见歌颂苏联军队荣耀的纪念碑或纪念牌，但是哪里都见不到库恩·贝拉[1] 和塞缪尔·提波尔[2] 的雕像。尽管他们都来自苏联优秀的学校，不仅在那里得到培训，还奉命回到匈牙利传播思想。1949 年，直到停战已有五年之后，在纪念 1919 年苏维埃革命三十周年的时候，匈牙利政府才敢公开谈论那个只存在了四个月的苏维埃共和国；因为他们相信自己已经在这片热土上站稳了脚跟……然而，匈牙利社会并没有忘记

---

1 库恩·贝拉（1886—1939），匈牙利革命党创始人、匈牙利苏维埃共和国主要创建者和领导者。
2 塞缪尔·提波尔（1890—1919），匈牙利记者、匈牙利苏维埃共和国副军事人民委员和公共教育人民委员，革命失败后自杀。

　　　　　　　　　　　　　我本想沉默

那段历史，因为霍尔蒂·米克洛什[1]那被称为"塞格德思想"的、新巴洛克风格的法西斯主义正是趁苏维埃共和国失败之机建立军事独裁体制的，是名副其实的"反动"统治。在《特里亚农条约》签订之后，那些揣有巨大的政治野心、迫不及待地要登上历史舞台、说秘密也并不秘密的政治组织，也同样将政权建立在这样的基础上，他们乘机利用了人们的基督教信仰和高昂的民族思想，有组织、有目的地迅速加强自己的力量，扩大自己的势力范围。

在报刊上，在国会大厦里，在政府部门内，上面提到的那些"反动派"对此大谈特谈，大肆渲染，故意利用那段昙花一现的历史来巩固自己的社会地位，声称自

1　霍尔蒂·米克洛什（1868—1957），匈牙利王国摄政（1920—1944）。出身于贵族家庭，曾任奥匈帝国海军司令。一战结束后，匈牙利建立了匈牙利苏维埃共和国。霍尔蒂网罗旧军官、宪兵和富农子弟，组成了"国民军"，依靠协约国的支持，血腥地镇压了苏维埃政权，恢复君主制。1919年11月16日，霍尔蒂率军队进驻布达佩斯，实行白色恐怖统治。1920年3月1日，霍尔蒂建立独裁政权。霍尔蒂上台后，制定和推行了一系列法西斯法令，对匈牙利革命党人和进步运动进行了残酷迫害。二战中又与纳粹德国勾结，于1940年11月加入轴心国阵营。1944年因有意退出轴心国阵营并与纳粹德国断交，致使德国扶植了以箭十字党为首的政权上台，霍尔蒂被德军挟持至德国。1945年德国投降，霍尔蒂被南斯拉夫以战争罪要求引渡，但是被联合国阻止。他一度作为战犯被囚禁在德国巴伐利亚，1946年获释，流亡葡萄牙，到1957年2月9日过世时都未再踏上匈牙利国土。

已能够让匈牙利在苏维埃共和国垮台后接下来的二十五年里仿效西方的样板，顺应民众的要求，推动民主社会的发展；他们鼓动那些灵魂扭曲的"半法西斯主义者"成立政党，与其说迫害过去的自由主义传统，不如说是滥用；后来，他们又赤裸裸地、残酷无情地采用纳粹的意识形态与实践来管理行政，引领社会，并在最后一刻将匈牙利跟希特勒的德国绑在了一起。总之，在这漫长的二十五年里，在匈牙利，公开的或半遮半掩的、既不合法也不合理的特权，以及落后的教育体制，如果追根溯源，这一切都源于那次实践的失败。

就在希特勒开进维也纳时，这个后来被匈牙利革命党称作"反动派"的社会阶层感觉到属于他们的时代已经来临。他们贪婪的愿望和热情让匈牙利人的担心化为了沉默。这个"反动的"社会阶层并不代表这个民族，但是它有足够的势力以匈牙利人的名义发声，并代替他们采取行动。他们编织的网络覆盖极广，从秘密社团到小酒馆的常客，几乎覆盖了全国各地的所有工作领域。他们在"匈牙利先民"概念的掩护下，进行着他们疯狂、无耻的勾当，伺机狩猎，他们不再懂得什么是害怕，也不再知道什么是羞耻。这些"艾泰勒克孜人[1]"，这些"觉醒的马扎尔人[2]"，这些"图鲁鸟[3]主义者"——谁还记得这个较为温和、较为秘密、较为隐蔽的社会先锋队的名字？——他们似乎感觉到，组织和准备阶段已经告一段落，接下来是行动的时间。"行动"的真正含义是什么？它意味着某种伟大的民族复兴吗？不，实际上，这些"血盟"社团的所谓"行动"——其中有的以团结的名义而使用了"血盟"这个词——首先意味着打劫犹太人，驱逐犹太人，想要把犹太人赶尽杀绝；其次，意味着要将匈牙利文化的道德需求彻底根除。

在每个政府部门，在每个行业分支里，都会存在这一类人，他们觉得，他们可以用那些从犹太人手里夺得的财富和岗位弥补他们过去无法获得的缺憾。当然，他们对犹太人怀着的这种贪婪的憎恨之火也并不是一下子点燃的：它酸臭的烟已经在匈牙利人的生活里弥散了十

---

1 艾泰勒克孜，是一个历史上的地理概念，在顿河与第聂伯河之间，匈牙利先民在896年进入喀尔巴阡山盆地之前，曾在这个地方驻扎过，七位部落首领在这里歃血结盟，推举阿尔帕德大公为首领。

2 马扎尔人，是匈牙利的主体民族，匈牙利先民的后裔。

3 图鲁鸟，匈牙利民间传说中的神鸟，匈牙利人相信自己的祖先是在图鲁鸟的指引下从东方迁徙到喀尔巴阡山盆地的。

年。某些种族主义者扮演起一个似乎能在匈牙利与这些血腥、邪恶的"小插曲"相抗衡的勇士角色，他们将犹太人和苏联人联系到一起并混为一谈。当然这个指控是错误的，不公平的。在那个时期，匈牙利绝大多数的犹太人跟移民到这里的大多数施瓦本人、塞维尔亚人一样，都是匈牙利国家的忠诚公民。出于自己阶层的利益，他们也反对苏俄，就像农民或富人阶层出于自身利益予以反对的道理一样。但是那些人的指控很激烈，指控者认为不需要提供任何的证据。在那之前的二十五年里，对犹太人恶毒的仇恨始终在匈牙利人的生活中殷殷燃烧。在德奥和平之前，匈牙利就制定了《犹太人管理法》[1]，而那天之后，他们投入了一场疯狂的、没有节制的抢劫战中。就在那一天，所有的明白人都很清楚，平时人们对犹太人暗藏的忌恨，如今终于可以在反犹太主义中，在《犹太人管理法》中，在社会隔离中名正言顺地、无须掩饰地表现出来了。现在，当盖世太保的冲锋队已经到了

1　1938年，匈牙利政府颁布了《第一部犹太人管理法》，规定在贸易、金融和工业领域犹太人的从业比例不能超过20%。1939年颁布《第二部犹太人管理法》，进一步对犹太人在知识、司法、教育、行政管理等领域的就业进行了限制，甚至禁止。1941年颁布《第三部犹太人管理法》，禁止犹太人与非犹太人通婚。

莱塔河畔，在德国犹太人灭绝之后，很快就会腾出手来消灭奥地利的犹太人：不可能放过匈牙利。

这是现实的一个方面。有人心里惦记着犹太人的药房，还有人梦想得到犹太人的土地和犹太人的公寓。奉行种族主义、反犹太主义的媒体吹响了冲锋的号角。举棋不定的政府虽然态度谨慎，但最终还是顺从地执行了鼓动者的要求。终极目标是消灭匈牙利国内的犹太人。而事实的另一面是，即便在这种情况下，在1944年3月18日德军占领匈牙利前的六年里，大批的匈牙利犹太人还是完好地生存了下来。《犹太人管理法》侮辱了犹太人的人格尊严，卑鄙地削减了他们的公民权利，并限制了他们的收入。但是，即便在如此羞辱和不公平的条件下，匈牙利犹太人仍能在这六年里在自己家中安居，基本上还能继续从事他们市民阶层的职业。在政府部门里，犹太血统的公务员被迫退休；在有的职业领域，雇主被迫辞退手下的犹太雇员；媒体和剧院也被告知，不得再让犹太裔记者和艺术家们在公共领域扮演角色，不能参加演出，否则就会遇到麻烦；尽管并非所有人都会照章执行，但文件中确实这样规定。战争末期，匈牙利也被卷入了战火，有一段时间，大批匈牙利犹太人跟着匈牙利国防军的军事组织来到加利西亚、乌克兰的劳动营，在那里服苦役，他们许多人受到非人的待遇，在残忍、变态的军官或副官们的折磨下丧生。

　　这样的事情发生过，另外还发生过许多其他形形色色、令人发指的卑鄙、不公和残忍的事情；但是与此同时，匈牙利犹太人中还有一个阶层，他们从官方和社会的角度看待自己所遭受到的屈辱，在日常生活的范畴里，他们仍保持自己的公民地位。有八十万的匈牙利犹太人仍可以住在自家的公寓——他们中有些人可以继续当他们的医生、商人、律师、工程师，可以继续从事他们擅长的技术职业，他们的孩子仍可以在公立学校读书。然而从德奥合并那天到德军占领匈牙利之间的那六年里，霍尔蒂当局以这样变态、这样卑鄙、这样无情的手段为代价，致使数十万的匈牙利犹太人遭受苦役的折磨，甚至牺牲；在政府圈子里，有不少人公开发表反犹太人言论，他们很可能真是反犹太主义者，但他们还是从德国纳粹及其匈牙利帮凶手中拯救了八十万人之多的匈牙利犹太人。他们不仅拯救了匈牙利犹太人，而且还拯救了不少外国犹太人：那个时候，希特勒的魔爪所到之处，到处都在消灭犹太人；在德国，可能只有少数几个犹太人活在地下的墓室里；奥地利和波兰的绝大多数犹太人都被抓进了纳粹集中营并惨遭集体屠杀；当时的斯洛伐克法西斯政府也将犹太人送进德国集中营；而在德军占领的那些西方国家，德国纳粹将居住在荷兰、比利时、法国和挪威的犹太人全部如数掳走，运到各个集中营。在那些年里，大量犹太人从这些国家逃到匈牙利。从德奥合并那一天到德军占领匈牙利之间的六年里，匈牙利虽然颁布了《犹太人管理法》，由"反动派"执政，并将许多犹太人送去做苦役，但对于周边国家和较遥远国家的犹太人与政治难民而言，它仍然是一处庇护所。直到1944年3月19日之前，共有八十万犹太人生活在匈牙利及因德奥和平后做出的仲裁裁决[1]而收复回来的费尔维迪克和艾尔代伊地区，即便不能说他们"免遭涂炭"，但至少可以继续居住在没贴黄色大卫星的公寓里，没有遭受特别的羞辱，他们基本上还能继续从事自己的职业，并

---

1 《维也纳仲裁裁决》，德奥合并后，希特勒为了谋求匈牙利的支持，先后于1938年和1940年两次通过"仲裁"的形式，"和平"地实现了纳粹德国与法西斯意大利的领土主张，使匈牙利重新获得了一战后因《特里亚农条约》所丧失的，被割让给斯洛伐克、乌克兰、罗马尼亚的那些领土。当时统治匈牙利的是持"领土收复主义"信念的摄政王霍尔蒂·米克洛什。

以忍受歧视为代价，能够保留自己的财富；歧视主要来自那些不愿给予犹太人以社会地位、荣誉名衔、家族徽标的基督徒们。这是另一个事实。

从总体上而言，匈牙利社会并没有"过分的反犹太主义"——匈牙利作家厄特沃什·卡洛伊[1]用这种不无讽刺的哲学口吻描述匈牙利人在和平时期的反犹太主义特征——但是毫无疑问，其本质还是反犹太主义的。这种主要基于基督教社会在犹太人问题上普遍认知的排斥态度，在匈牙利社会生活和官方交往中都显而易见，《犹太人管理法》则赋予它以法律的形式。但是即便如此，匈牙利的这种反犹太主义还是为来自周边国家的和较遥远国家的犹太人提供了一个虽然不尽理想、但仍不失为一种选择的庇护所；那些年，大量难民从斯洛伐克、波兰、罗马尼亚和奥地利逃到匈牙利。匈牙利人不仅以个人的方式帮助他们躲藏并保护他们，就连匈牙利政府也以这样或那样的方式拯救他们的生命，直到国家被占领的最后一刻。在那些年里，在匈牙利，犹太人不可能去扫大街，因为那需要提供许多复杂的出身文件以证实自

1　厄特沃什·卡洛伊（1842—1916），匈牙利政治家、作家、律师。

己的合法身份，然而犹太人可以当总经理、工厂主、商人，甚至庄园主——在那些年里，在匈牙利公共生活的马戏场里，出现了在基督教社会最令人反感的、被称作"奥拉达尔[1]"的一些人，他们将自己拥有印戒的血统、古老的匈牙利姓氏和良好的政府关系与社会关系租借给那些陷入困境的犹太银行家、工厂主和庄园主，从而换取高昂的收入。这些奥拉达尔，多是退役的将军、州长、在官场和社会上享有良好声誉的公众人物，他们进到那些犹太人投资、按照犹太人的企业精神建立并达到欧洲水平的匈牙利工厂里任职。在匈牙利，在《特里亚农条约》后的几十年里，他们以这种并不仅仅出于真诚、总是招人反感的方式秘密地与犹太银行家和企业家紧紧牵手，一起惊惶不安地"拯救"犹太人的财产。但是不管怎么说，在德国人占领匈牙利的那天之前，在他们这种并不很高尚的方式的帮助下，大多数的犹太人工厂、企业、商行都得以秘密地、真正地保留在犹太所有者的手中。

在匈牙利，或许恰恰由于在遭受土耳其人占领的那

1　奥拉达尔，日耳曼男子名，意为：有名望或有权利的、经验丰富的长者。

一个半世纪内形成的传统，匈牙利社会确实在许多方面自相矛盾，表里不一，实际情况跟表现出的样子并不一致。在德奥合并后的那些年，匈牙利政府总是在德国人的要求下不断更换内阁，但是出于他们内心的驱使，也更公开、更暴力地实施他们迫害犹太人的政策，与此同时——尽管这看起来很矛盾——也努力地拯救犹太人。我们很难找到一个合适的词准确地定义这种现象。在匈牙利，只有疯子才会提出"纯化种族"的要求：要知道，在匈牙利千年的历史中，匈牙利人跟移民至此的施瓦本人、斯拉夫人、犹太人早已深深地融合在一起。匈牙利人的基本特征始终是"可爱地懒散"——有一位大诗人这样归纳匈牙利人典型的处事方式——冷酷式聪明、愉悦式堕落的懒散。在某种程度上，这种处事方式也体现在犹太人的问题上，当时他们对于德国人的要求已无法继续拖延。根据事态的发展表明，这种处事方式并没能挽救任何人和任何事，在有些情况和道德假设下，没有可能讨价还价，只能不计任何后果地说"不"。然而，无论匈牙利社会还是匈牙利政府，在匈牙利的犹太问题上都没有说出这个"不"字。这种谨慎态度导致的结果是，终于有一天，匈牙利不仅没能明确地说"不"，而且还在

　　　　　　　　　　　　　　我本想沉默

德国人的胁迫下——不仅在这个问题上，而且还在别的问题上——说出了悲剧性的、明确无疑的"是"。

8

我知道，无论是对那些年里匈牙利社会的某些群体对匈牙利犹太人的迫害，还是对后来诺维萨德的塞尔维亚人和驻扎在乌克兰的一些变态军官对犹太劳工和居民们的折磨，或是对所有匈牙利人违背自身意志所做的一切，都不存在任何可以辩护的借口。我们必须为这所有的一切，替那些名副其实的罪犯，并以他们的名义承担罪责：这个永远不能让人忘记的罪恶悲剧，是那些腐败、短视、充满职业野心、擅于夸夸奇谈的政客们，那些对昔日的军纪和人道主义精神全然不顾、在贡伯什·久拉[1]时代超期服役军官的爱国主义激情和轻浮浅薄、野心勃勃的精神哺育下长大的新一代高级军官们，那个在失败的土改堡垒后建立起来的、按照"塞格德思想"的新巴洛克法西斯主义原则组织起来的官员群体，那些在《特

---

1 贡伯什·久拉（1886—1936），匈牙利政治家，1932—1936年任匈牙利王国总理。

里亚农条约》后的匈牙利感觉活动空间狭小的"基督徒"知识分子们，一起进行的充满恶意与贪婪的联手合作。

匈牙利知识分子在那段时间里是真正的"反动派"，他们并不想知道民主的真正含义；不想知道个体的权利永远不能是因出身或社会地位而享有的特权；不想知道真正的基督徒从来都没有种族优势，也没有自卑感；不想知道自由竞争从来不接受任何别的法律，只遵从才能、知识和供需的自然法则。他们从心里就拒绝民主的道德法则，因为这些法则让他们感到不舒服，剥夺了他们可以行使自己出身特权的机会。

一旦有人对这些社会阶层的人们提出警告，告诉他们民主的匈牙利人谴责他们这种卑鄙的行径，他们就会立即反驳，试图封住对方的嘴，指控他是秘密的布尔什维克。在那二十五年里，匈牙利媒体和匈牙利文学只是从法律上讲是"自由的"，而真实的状况令人惊恐，在这所谓的"新闻自由"里，真正的民主主义启蒙的愿望无法得以实现。匈牙利有过右翼和左翼党派，有过社会民主主义者的党派和媒体，有过市民主义反对派，也出版过一些猛烈抨击领主制度及匈牙利经济、社会生活不合时宜的病态倾向的书籍，而且这些著作也并不总是遭到查禁没收。假如我们回想那段时间，跟现在的情况相比，确实给人以这样的感觉，在德奥合并前的二十五年里，我们似乎度过的是一个在精神、社会、经济领域都较为自由的时期。事实上并不自由。在匈牙利人的生活深处，有两个令人灼心的问题：土地问题，即领主制度的改革问题，以及具有千年历史的匈牙利由于《特里亚农条约》而被迫割让出的土地和人口的命运问题。纵观从1918年至1938年在匈牙利所发生的一切，都基于对这两个命运问题的赞同或否定。

在德奥合并前的二十年里，匈牙利精神和匈牙利人的政治愿望，要比德奥合并后的十年里自由得多、民主得多，这两个阶段没有可比性；但是即便如此，那种自由远不如在一战前的自由主义时代里那样普遍存在。作家、记者、科学家与政治家们现在也谈论重大的命运问题，但是他们刚发出触及问题本质的声音，就会立即被官方套上口笼。在《特里亚农条约》后的几十年里，匈牙利法院为了保护领主体制，俯首帖耳地顺从了政府可怕的最高权利。独立法官的大时代已经过去。法律并非由真正的法官掌握，只是由律师们权衡，对于意识形态类案件，权利阶层会带着明显的偏见予以主导。所有的匈牙利作家、记者和政治家，只要他们在文字中触及被官方贴上"破坏性"标签的问题，都要面对监狱、失业、社会攻击等危险。在那个时代，只有吹奏"基督教-民族"的主旋律乐曲，才能得到国家和教会的宠爱与呵护。总之，在《特里亚农条约》后的匈牙利，每个人都是"破坏分子"，只要他对社会发展另有想法，只要他的观点不同于那些由大领主们——不管是否通过了秘密组织——推举进入内阁的政治家们或文化审查员们所下的指令。只要有谁怀疑"基督教-民族"的原则是否适合像产品推销和工业生产那样地推广普及，立刻就会被斥为"破坏分子"，这种斥责会让人丢掉工作，在社会上丧失立足之地。事实上，"反动派"只活在自己的世界里，为自己而活，为自己的利益行事。当希特勒开进维也纳，匈牙利"反动的"市民和小市民阶层也都跟他们一样欢欣鼓舞，战后的军官和官员阶层每个人都绷紧了神经，紧张地嗅闻，期待随之而来的巨大战利品和分赃时刻。

他们的希望没有落空。即便只是很短的时间，那也给了他们自鞑靼人入侵和土耳其人占领以来从未有过的捕猎机会。就在那一天，另外一件事情发生了：一个不屈不挠、充满憎恨的反抗时代拉开了序幕，一向充满忌怨的"平庸者"出于扭曲变态的痛楚心态开始了复仇，他们的反抗从德奥合并那天开始，经过战争、围城战和溃败，一直贯穿到被称为"解放"的那个悲剧性的"小插曲"；然后在红旗猎猎的阴影下，人口不断迁徙，至今如此。就像小时候玩过的"交换"游戏，游戏总是由别人玩，但是含义相同：所有那些由于在社会、经济、知识竞争中或竞争前饱经挫折，或对置身于自己之上的阶层心存不满的人，现在忽然意识到属于自己的时刻到来了！他们可以在粗暴和虚假的口号帮助下尝试改变自己"被漠视"的命运，弥补自己错过的机遇。对不少人来说，这种暴力性的满足就跟获得物质性的战利品一样重要。每个人——每个从前不够坚强，不够有才华，不够勤奋，不够有个性，未能在生活中获得令人满意的补偿和所渴望的条件，而其自身的知识、能力和个性也无法让他满足的人——都意识到属于他们的时刻到来了，他们可以得到一份工作，在社会上占据一个位置，谋到一官半职，他们清楚地知道：若在从前，他们根本没有资格。在"被漠视"的问题上，普通大众觉得自己有权利要求获得补偿。在无情的生活竞争中，一切都唤起他们对特权的敌意。他们做的是处于生活可怕边缘者唯一能做的事，除了诉诸正义，他们别无权利，就连这个权利也只有少数人敢于行使！……

首先发生了这样的情况："平庸者"在外来势力的保护下，同时也出于自身的愿望，他们认为：他们有权因为自己的"被漠视"而索取补偿。什么是"补偿"？一个过去没什么才能、也不那么勤奋的工头认为机会现在该轮到他了，认为自己可以避开竞标，无须证明自己是否具备条件就能获得一项利润可观的机场修建工程；一个从前由于自己的医学知识和诊断技能有限而不被人信任、没有什么病人的庸医，认为自己可以进入一家大医院担任主任医师；一名在此之前只能接一些鸡毛蒜皮小官司的普通律师，由于《犹太人管理法》限制了犹太律师的就业比例，所以认为时机已到，自己应该坐进某家大银行或大企业的法律咨询办公室。一个平庸或缺少天赋的末流作家，认为现在是自己登场的时候，他可以凭着自己出身的优势获得成功和掌声。当疯狂的、侮辱人的种族法最终对人们的性生活也做出了限制[1]，用出身证

1　1941 年 8 月 8 日匈牙利当局颁布《第三部犹太人管理法》，规定犹太人和非犹太人之间的性关系违法，会受到惩处。另外，犹太男性不能跟基督教女性保持性关系，但基督教男性跟犹太女性间的性关系不受惩罚。

明将爱情绑上了耻辱柱，情人们也沮丧地意识到，欢爱已结束，种族主义的法律也禁止了那些至今对犹太人有好感的人。任何怪诞的、本不可能的事情在这一刻都能成为可能。在布达佩斯城市公园的大马戏院里，有一个犹太出身的小丑被禁止继续从事他那令人忧伤的马戏表演生涯，理由是：犹太人不可能是侏儒。疯狂社会的眼睛被黄色的迷雾遮挡。二战结束后，新的执政者以同样的不公平、不合法手段占据了重要的工作岗位、社会角色和政府职位：右翼社会认为革命党对他们权利的剥夺，证明了自己过去的罪行。这种悲剧性的错误认知，或许正是匈牙利市民和小市民阶层在那十年中沉陷其中的最深层的道德堕落。

纳粹主义蔓延到了匈牙利边境，在匈牙利人的生活深处不断发酵的土地问题和《特里亚农条约》造成的经济、社会局势全都加剧了这一场悲剧。但是可以肯定的是，在那些年里操纵着"右翼群体"的并不仅仅是这些原因。1848年自由战争的失败羁绊了匈牙利的社会发展，1919年失败了的革命实践使匈牙利的发展再次止步。在那二十五年里，始终是右翼力量试图打开阻碍社会发展的门锁。贝特兰·伊什特万[1]曾在国会对箭十字党[2]说过这样一句话："先生们现在是向右走，有一天你们会一直走到极左。"

确实，右翼运动向民众许诺了一种社会发展：倡导反对大领主制，遏制资本制度兴起的土地改革，劳动保护和社会平衡。匈牙利人生活的内部结构跟"基督教-民族"口号的迷宫之间存在着内在的、有机的紧密交织，这使得一种革命也只能裹着右翼的外衣呈现。右翼分子们一方面宣称私有财产的神圣性——如同所有的法西斯主义者——许诺会对这种神圣性的破坏者发起"基督教战争"，但是与此同时他们又认为，一味地固守封建主义的旧体制和资本主义制度，不能确保为人口剧增的普罗社会提供良好的生活方式。在那些年里，匈牙利社会的各个阶层都有人不遗余力地鼓吹反苏的

---

1 贝特兰·伊什特万（1874—1946），匈牙利政治家，1921—1931年任匈牙利总理。他在位期间，是匈牙利政治、经济发展的巩固时期。

2 箭十字党，匈牙利的极右组织，始于1930年代匈牙利的种族主义运动，1935年仿效德国纳粹组成"国家希望党"，1939年改组为箭十字党，鼓吹匈牙利人和德国人一样是优等种族，主张建立大匈牙利。二战期间，箭十字党被摄政王霍尔蒂查禁，转入地下。1944年德军入侵匈牙利，扶植箭十字党上台，建立纳粹政府，1945年3月，箭十字党的政权瓦解。

论调，甚至反对与之涉嫌的民主主义思想，即使走进教堂，人们也会听到焦躁不安的神父在极具煽动性的布道中，充满了咬牙切齿的攻击左翼的话语，并以各种不可思议的方式证明：要按照"基督教-民族"的原则设想社会的共生。

教会虽然得意地安抚了匈牙利生活中的基督教野心，但是恰恰忘记了一点：没有考虑到世界上到处都在人口剧增。在匈牙利，有不少这样的人，他们对于失业、衰老和患病的危险的担心，远远胜过害怕死后被喜怒无常的魔鬼丢进油锅里炸掉。教会反对纳粹的种族主义思想，承认人类自然和神圣法权，但是在那些年里，教会并没有从匈牙利封建制度的社会暴力后站出来，呼吁实现基督徒的社会需求。右翼政治团体中比较明智的组织者觉察到，他们可以把走在旁边小径上的大批民众引入自己的阵营。于是他们宣传基督教和爱国主义，宣扬秩序和反布尔什维克主义，并同时开始以"匈牙利方式"——偷偷摸摸地——堆建阻碍革命的路障。没过多久，在1944年10月，这些路障真的在布达佩斯街道上拔地而起。

那场革命从右翼开始，无可挽回地涌流到布尔什维克主义的潮流中。然而在我现在正描述的那一天，谁都没有想到这一点。最糟糕的是，失败的土地改革令人沮丧——这一失败不仅人为地，并且通过暴力维持了钟鸣鼎食的生活方式，而且在看得见的、法定的匈牙利国家等级制度的背后，建立起并维持了一个看不见的、比法定的制度更加真实的等级制度。在冠冕堂皇的历史帷幕之间，在圣伊什特万国王的王冠和匈牙利宪法的阴影下，我们可以看到在这个已经没有国王的王国里有一群神气十足、趾高气扬的小国王们：有昔日的摄政王，身穿海军将领的制服，骑在白色的骏马上；有级别很高的神父、方旗骑士、总理及其下属，还有匈牙利国家和各级政府部门的、身穿各种各样漂亮制服的官员们，比如部长、州长、消防队总指挥。这些大人物站在商店的橱窗里，姿态端庄，神色庄严，就好像在玛利亚普奇[1]朝圣日盛典上那一尊尊木雕的、彩绘的当地圣徒像，民众用虔诚的目光望着他们。而在摄政王、方旗骑士、主教、部长、州长们的背后，列队站着建立在大领主制基础上的、能为维护这一体制和利益赴汤蹈火的匈牙利社会体制的

---

1 玛利亚普奇，位于匈牙利东北部的一座古老的城市。当地一座教堂内供奉了一幅《圣母子像》，她因圣像上的玛利亚会流泪而闻名，后来成了一个著名的朝圣地。

第二方阵：州级公务员、村长、宪兵、火车站站长、扳道工，以及所有那些在杀猪、收西瓜、摘玉米的季节里需要使用铁路货车的人，在蒸馏白酒和冬季烧柴时需要向附近的庄园主求助并寻求保护的人。

这种依赖和这种需要，结成了一个错综复杂、精细至微、无所不能的强大利益联盟，像一张巨网罩住了整个国家：这就是《特里亚农条约》后匈牙利名副其实的等级制度，这是真正的权势。对有一千英亩土地的地主来说，不仅农奴们会诚心实意地巴望着他们，因为农奴们在农忙季节的生活取决于地主或总管的仁慈，而且就连当地的村长们也是一样，因为村长们指望能从地主那里得到冬季的木柴或喂猪的米糠。对有二十万英亩的大领主来说，领地内的所有村庄和州郡的国家公务员们生存的方方面面都依附于他，就像依附于国家一样。这些大领主们并不全都与进步和社会发展为敌。那些出身于农村的作家被农民的仇恨与贪婪蒙住了眼睛，过分夸大矛盾，其实他们中有不少人也是在官方和半官方的国家权力帮助下冲破乡村的昏暗，走上民族生活舞台的聚光灯下，然而他们只会心怀恶意地控诉说，那些大领主是历代统治阶级的后裔，几十年来，那些大老爷们从来不曾意识到自己对穷苦的工人、农民所应承担的社会责任，从不关心他们的疾苦。

幽灵般的社会发展实践表明：匈牙利人在并无苏联人命令的情况下，采用莫斯科式残酷、不公的手段强力推行的土地改革，将匈牙利贵族的大片领地分割成了零碎的小块，给了农奴——但是三年之后，又以集体农庄的形式从原来那些农奴的手中收回了土地，并强迫匈牙利农民加入苏联模式的农业生产合作社——这跟之前的、在一战后的二十几年里实施的大领主制相比，要更加残酷、更加不公。我并不想维护大领主制。但是必须承认，它在匈牙利历史上扮演过重要角色。当然可以肯定的是，这个制度在当时已经过时，只是幸存了下来。但是这也是事实，在《特里亚农条约》后的几十年里，匈牙利的贫困农奴和雇农在许多封建庄园内的生活状况并不比在苏联集体农庄里的更差。大领主中的绝大多数——比如说匈牙利最大的领主，拥有二十万英亩土地的艾斯特哈兹家族——都会竭尽全力帮助、培养、教育农奴及其家人。当然，所有的这些都是在这种生产制度和社会制度所允许、所支持的范围内进行的；当然，只靠这种社会慈善是不够的。但是我不相信，在当时，在经历二战、匈牙利苏维埃革命、帝国崩溃前的十年之前，在已经实行了现代管理的匈牙利大庄园内的匈牙利农民的命运要比只凭双手劳动的普通匈牙利工人更糟糕，他们的日常生活也不会比那些被迫从事农耕的苏联农民更贫寒。在那个旧体制里，最可悲的不是生存内容，而是主仆关系。农奴是国家最宝贵的社会阶层之一，也就是说，大约有一百五十万人在那个体制里仍是奴仆，即便他们的雇主——地主或领主们以很人性的态度对待他们，对重体力劳动尽量支付合理的报酬，但仍然不会改变彼此的关系。他们仍然是奴仆，因为他们没有属于自己的土地，因为他们的生存依赖于州长，依赖于庄园总管，依赖于为州长、总管、庄园主服务的宪兵、村庄、法官、副州长及整个的保证系统，这个系统建立在官方的匈牙利社会体制、宪法和国家机构的背后，旨在维护并服务于大领主制的利益。或许正是这个"主仆系统"引发了匈牙利社会的反思，在整个民族生死攸关的关键时刻——当全世界人都在关注整个匈牙利社会的表现时——显得力不从心，前途未卜。匈牙利以自己的方式回应这个重要的问题，显得犹疑和胆怯。作为个体之人的匈牙利人，经常能够表现得很正义，不乏民族反抗精神——先是反抗德国人的蛮横，后来反抗苏联人的蛮横——但是当大考来临，甚至在补考的时候，我们的表现便遭到了指责，因为面对蛮横的强权，匈牙利社会的态度并不像捷克人或南斯拉夫人那样表现得果敢。

历史学家有责任研究这一指责的真正意味。我，作为市民主义时代的一位市民，只能够讲这么多：这个"主仆社会"的情况潜伏在匈牙利人生活深处的方方面面。我，作为市民阶层中的一员，不管出于哪种利益我都真心希望，我必须希望，希望匈牙利社会不要永远都在主仆之间这样两极分化，而是应该让更多的匈牙利人能在主仆之间，能在民主意义上独立的市民阶层的帮助下知道并找到自己的位置：我属于市民阶层，我是一位市民主义作家，我总是这样感觉到，这里有什么东西尚未成熟，没有处理好，匈牙利社会无法显示出自己真正的力量，既展现不出自己真实的德行，也展现不出自身的能力，要知道，在这个国家中不仅生活着自由人，而且还生活着一百五十万奴仆！他们不是农民，因为真正的农民应该拥有能使他称为"农民"的财产，农民从来不是奴仆；他们是庄园主集团雇佣的。这个奴仆阶层，就像这个我在此出生并想为之写书的国家，因为它，无论我愿不愿意，无论我处于什么样的生活境地，我都必须要生存下去；就像那个有着辉煌历史的贵族阶层，他们也生存下去并不断地壮大，只是需要让一百五十万人充当奴仆。无论他们再怎么重视奴仆的社会待遇，再怎么让他们上学接受教育，一切都是徒劳的：只要奴仆仍是奴仆的命运，仍依附于人，仍还怀着卑恭、怀疑、惊恐和复仇的情感，那么矛盾也依然如旧。试想，连我都没有完全的自由，而我是一个体面的市民。

后来，一个目光短浅、心怀恶意的"大众"煽动者质问我们，质问市民阶层的作家们：你们为什么不用"大众的语言"写作？我能做出的回答只是，匈牙利文学对人民犯下了罪孽，并不是作家们未能在伟大的匈牙利民族沁浸于西方文明的精神里已经几个世纪之后像小丑一样袒胸赤足地冲到贫苦大众面前哗众取宠，而是他们在1919年之后受到了胁迫，由于无能，出于"可爱的懒散"，未能发出足够响亮的声音告诉全世界一个这样的现实：即使在匈牙利的革命狂潮期间，反革命阶层仍旧在维护这个"主仆制度"，对生存在这个国家中的一百五十万奴仆视而不见。话说回来，在这种情况下，市民主义的匈牙利文学又能做什么呢？只要哪个作家敢开口说话，匈牙利政府就会立即扼住他的喉咙。但是，被暴力扼住喉咙的文学吐出的词语，有时会迸发出巨大的力量，有时它的回声会比吐出的词语更响亮。最悲剧的是，暴风雨过后，我们不得不接受这样的结局：我们意识到，一切都是徒劳的，即便红色风暴摧毁了大领主制，但是主仆关系仍不能在匈牙利终结。革命将领主们赶出了匈牙利，但是奴仆们仍然留在这里。

9

我写了三十五行，然后打了一个句号，动身出门，开始我每日午餐前的散步。每天上午，我都会沿着栗子树和梧桐树夹道的山路去山上的城堡，我养成这个习惯已十五年，那天也一样。在古老的、充满了历史记忆的布达城堡区的林荫道上，在一座座建筑精美的宫殿前，一棵扁桃树已经在早春的日子里开花。我仔细端详这棵果树。

我跟每天一样一本正经地沿着山路散步，将双手背在身后。爱犬跟在我身边慢慢溜达。我的目光越过城堡林荫道的护栏，可以眺望布达群山，还能够看到我居住的房子所在的老城区。在那套公寓中的书房里，写字台上摊着我刚才新写的那三十五行文字，那是我今天已经完成的工作任务。我不时地跟熟人打着招呼，回应别人的问候。在阳光普照、生机盎然的三月初的正午，在城堡林荫道上满是散步的人，有陌生人，也有熟人。

一路走过的那些房子，我都很熟悉。大多数房子里都有我的朋友居住，有的人跟我关系近些，有的人远些，但都是社会上的熟人；那段时间，一些贵族已经放下了自己高傲的身段跟市民主义作家亲近，有时会邀请我去他们的沙龙，允许我进到家里的饭厅；另外是职位较高的政府官员或社会名流，他们都喜欢老房子和旧家具的古典氛围，都是所谓的"体面人"。僻静的城堡区内，大多数房子我都进去过，为此我感到隐隐的骄傲，因为尽管我属于市民阶层，但在那些平日大门紧闭的神秘府邸里，我是一个颇受欢迎的人。当然，我没跟任何人承认过这一点，作为一个"精神贵族"，我的言行举止都再自然不过。事实上，我也算不上多么的"精神贵族"，就跟邀请我去家里做客的那些人一样，他们住的也并不是真正贵族的宫殿。在那段时期，匈牙利已经很少再有"真正的贵族"了，当时那些人已经既傲慢又惊恐地蜷缩到他们的生活方式与家族出身的堡垒背后。

在那段时期，那个社会阶层的后代通常被称作"贵族"，但他们中有很多人其实只是些挂着男爵或伯爵头衔的绅士，变得富有并赢得了上流名衔的犹太人，再有就是艾尔代伊地区的伯爵们，多瑙河以西的大贵族从来不真的将他们视为自己中间的一员，而是把他们看作类似法那尔人[1]的混杂群体，这类为人比较亲和的贵族在那段时期已经将自己的府邸沙龙向市民阶层敞开。我对这一点非常清楚，所以，我尽量以不卑不亢的得体方式"接受"或婉拒他们的邀请，表现出一副"并不很在意"的样子，让这些友善的贵族们感觉到，匈牙利的作家、艺术家、学者能够跨进他们的沙龙是他们的荣幸，是对他们的尊重。这就是当时我的想法，而且我的言谈举止也尽量如此。事实上，如果实话实说，我的虚荣心当然确实也在匈牙利圣·杰曼风格的饭厅和吸烟室里获得了满足，我在那里感觉到怡然自得。所以我想，匈牙利文学能够受到这样的待遇，也应该感到知足了。与法兰西不同，匈牙利文学在历史上从来没有进入到贵族沙龙，既没有自

---

1 法那尔人，指居住于君士坦丁堡法那尔区的东正教希腊人。法那尔人在奥斯曼帝国具有很大影响力，出了很多翻译官、总督、执政官。他们不仅深受宫廷重用，还在财政上出力以换取特权。

己的普鲁斯特，也没有盖尔芒特女公爵。匈牙利文学只有它的附庸风雅者，就在那一刻，当我——即便我再三考虑、并不情愿地——接受了邀请去布达城堡区内的府邸里做客时，我自己也属于附庸风雅者中的一员。这个圈子在匈牙利并不是最糟糕的：至少不同于那些自以为是新贵的"乡巴佬"或整日泡在大环路边的文学咖啡馆内赶时髦的"假文艺"。但是他们之间的区别并不能改变这个事实：在布达城堡区内的沙龙里附庸风雅的贵族们接待那些表面矜持、内心顺从的、有附庸风雅倾向的文人和艺术家们；在那段时间，我也是附庸风雅群体中的一员。

后来我还了解到另外一种附庸风雅者，即身穿夹克、紧身外套的"无裤党"，他们是革命的附庸风雅者，准确地说是"狂热追随者"，跟泡在伯爵家沙龙里的那些人相比，他们既没那么有趣，也不够那样附庸风雅。不管怎么说，就在那天，在那个闷热的早春上午，我在城堡区里散步的时候，脑子里并没有想那么多。我的爱犬兴奋地在林荫道路边栗子树浓密的阴影下跑来跑去，尽情地撒欢；透过熟悉的老房子的窗户，可以看到古色古香、在明快的阳光下闪亮发光的典雅家具，从各个方向都有熟人向我招手，跟我打招呼。住在城堡区、布达山下的克丽丝蒂娜、水城和太阳山等老街区的退休官员，以及尊贵的国务秘书、部长和将军们白天也都习惯在这里散步。擦肩而过的散步者中还有肥胖、年迈的女大公，她身穿考究的骑马装，所有人都向这位显赫的贵妇致以由衷的敬意，包括那些跟她并不认识的人。总之，熟人们每天中午都聚到这里呼吸新鲜空气，享受温煦的日光，就像是一个大家族，或以"你"相称的兄弟会、社会精英团体、歃血结盟了的各家族的成员们。很多富裕的犹太人大家族的成员在布达城堡里贪婪地买房，购买这些古老的宫殿，并将沙龙设在这里，就像那些享有历史性的姓氏、世袭伯爵或公爵头衔已经许多世纪的传统贵族。围着这几条街的，有王宫、总理官邸、国家最高政府机关和名流显贵的大小府邸，称得上是匈牙利国家上层社会建筑的庭院或大堂。住在这附近的人大都彼此相识，即便不直接认识，也都通过新闻彼此了解。这时候，有一位穿着华丽的盘花扣帕式波兰皮大衣、头戴一顶饰有漂亮翎毛的尖顶猎人毡帽、身材矮小的男子朝我走近，并且心不在焉地回应我的问候；他很快认出了我，想起我是谁，立即冲我转过身，主动向

　　　　　　　　　　　　　　　我本想沉默

我伸出手来。这个人的目光里总是流露出些许的局促不安和心神涣散，在他身上，我还能感受到师长式的、以一本正经的严肃方式表现出来的青春期大孩子的固执己见。这个人就是泰莱吉·帕尔[1]，地理学家、政治家、热情的童子军、一个古老家族的后裔。当然，我没有问他对当日发生的重大事件的看法——泰莱吉跟我心不在焉地寒暄了几句后握手告辞，他将两只手背在身后并攥到一起，心事重重地走在城堡林荫道上，行色匆匆，迈着少年式的步伐。我望着他的背影，很想问他：你在想什么？你在担心什么？你在希望什么？但是，问这种问题很不合适。

在那一刻，谁都不可能知道将会有什么样的结果。因此，我只是散步，跟每天一样，心里想着那刚刚写好的三十五行文字，因为我不久前刚刚下笔的一部新作正令人兴奋地刺激着我的神经。当时我在写一部关于卡萨诺瓦的长篇小说[2]，整日沉浸在这个充满戏剧性的冒险世

---

1 泰莱吉·帕尔(1879—1941)，匈牙利总理（1939—1941）、地理学家、匈牙利科学院院士。1941年4月3日，他于德军出兵南斯拉夫的第二天在布达城堡内的山多尔宫开枪自杀，他在给政府留下的遗书中对入侵进行了严厉谴责。
2 指马洛伊于1940年出版的长篇小说《博尔扎诺的客人游戏》。

界。我在读一本关于十八世纪历史的专著，我在书页上写下许多笔记，当时我的大脑被那些东西塞满，我几乎能感受到卡萨诺瓦的心性和他所处的那个时代；但是，关于那一天发生的重大事件，我当时一个字都没能写。总之，我脑子里想的都是这本关于卡萨诺瓦的小说。也许那是一个错误，也许那是一个有罪的、令人自责的疏忽，但是它就这样发生了；事实如此，我也没有别的办法。我继续散步，脑子里想着卡萨诺瓦，后来我突然走神地再次想到，就在距离布达山向西几百公里的地方，此时此刻，希特勒正率兵开进维也纳。就在那天，城堡林荫道是那样的安静，清扫得干干净净，跟其他的春日没有任何不同。人们——无论是有直接交往的，还是间接认识的熟人——只要迎面走过，都会平和、礼貌地打个招呼，仿佛岁月静好，今天跟昨天、前天和过去的那些日子都没什么两样。在城堡区里，既有精致、古旧的宫殿式宅邸，也有政府部门的建筑。当时摄政王霍尔蒂正在王宫里——今天，仍跟往日一样——接见前来的拜会者们，用当时的话说，"操劳国事"。这个国家，具体地说，摄政王为之操劳的这个"国家"，源于一千年前属于乌拉尔山下的八个游牧族落，其先民还跟芬兰-乌戈尔和鞑靼-土耳其语族的东部分支部落有着某种亲缘关系，他们从乌拉尔山麓，从莱维戴尔[1]来到喀尔巴阡山盆地，然后在这里定居，建立王国，斯拉夫人、施瓦本人和犹太人也先后融入了匈牙利社会；这个国家是由将军、神父、政治家、诗人和数以百万计的无名者和劳动者一起建立起来的，直到今天，我们都可以在一架飞机或一位诗人的灵魂里看到这个国家，不仅能看到其国家的和地理的现实，还可以看到民族的愿景。

这是一个美丽的国家，即便它已被分割得支离破碎，即便已丧失了喀尔巴阡山、艾尔代伊地区和里耶卡[2]海港；这个国家有小麦、石油、煤炭和各种食物，还有诗人，就在那一天，在布达佩斯的咖啡馆里也聚集了一些诗人，在大理石的桌面上摊着阿波利奈尔或里尔克的诗集，或者《奥德赛》，他们激烈地争论，相互忌妒。当我在城堡林荫道的护栏上俯身眺望，可以看到布达老城的城垛，看到克里斯蒂娜老城街区，看到那座塞切尼·伊什特万伯

---

1 莱维戴尔，匈牙利先民部落曾经在东欧草原上驻扎过的地区。
2 里耶卡，现为克罗地亚的一个港口城市，历史上曾是匈牙利王国拥有的唯一出海口。

爵曾在那里举行婚礼的小教堂[1]，尽管这位"最伟大的匈牙利人"向他的新婚妻子塞依伦·克蕾森蒂做出忠诚的誓言，但是后来他们的婚姻并不很和谐；这件事让我沉思了一会儿。我看到布达市民阶层居住的老房子，那是一个心胸不广、圈子不大、处事谨慎的社会阶层，他们小心翼翼地保留着自己的古旧家具、言行做派和生活方式。我看到其中一栋楼，并且看到我公寓的窗户。我就生活在那几扇窗户后，作为一位市民作家，此刻正在写一本关于卡萨诺瓦的小说。就在这一刻，我看到了这一切，非常清晰，非常明确。我思绪万千地站在世界的画卷前，虽然意识里不可能清楚知道会发生什么，但心里却有种雷达般的预感，怀疑现在我眼前的一切，从这一天开始溶解、分解、降解，就像化学家所说的那样，由于固体物质受到非常强大的外力作用，其物质材料再无力对抗。我在这里看到的一切，将在很短的时间里灰飞烟灭，所有的重要人物都不会再留在这里，王宫里的摄政王，山

1　1836年，匈牙利伯爵塞切尼·伊什特万（1791—1860）和奥地利女伯爵塞依伦·克蕾森蒂（1799—1875）在布达克丽丝蒂娜广场上的天主教堂内举行婚礼。塞切尼·伊什特万伯爵是匈牙利政治家、作家和经济学家，曾任交通部部长，被誉为"最伟大的匈牙利人"，现代匈牙利的缔造者之一。

多尔宫里的总理，还有其他的许多人，如贵族、中产市民和许多不知名的人士，还有我这个市民阶层的匈牙利作家，我们所有人都背井离乡，丢掉我们习惯已久的工作环境和生活方式；是的，公寓楼和石墙都坍塌成瓦砾。此时此刻，所有的一切和所有的人都是鲜活的，真实得可以伸手触摸，但在不久的将来会无可拯救地毁灭，坠入虚无。在那一天，虽然我在意识里不可能清楚地知道会发生什么，但是我确实预感到了什么。正因如此，我眺望了好一阵这熟悉的风景，冲我的爱犬吹了一声口哨，然后沿着格兰尼特石阶下山，朝我住的公寓楼走去。

第二章

1

我不清楚，如果一个人牵肠挂肚、满怀留恋地回想他出生的城市，回想故乡较为狭小的老屋，这算不算是巨大的罪孽？会不会罪孽之大，真像后来革命党所说的那样？我出生在这个国家的北部边界，考绍[1]是一座美丽、古老的费尔维迪克城市，在匈牙利历史上曾经扮演过重要角色。在中世纪大教堂的地宫里，保存着曾为匈牙利

---

[1] 马洛伊·山多尔于1900年4月11日出生在考绍。考绍当时隶属于匈牙利王国，一战后根据《特里亚农条约》割让给了捷克斯洛伐克，1938年根据《维也纳仲裁裁决》重新划归匈牙利，二战后再度割让给捷克斯洛伐克。现在为斯洛伐克的科希策市。

自由而战的民族英雄拉库茨[1]大公的骨灰——他不仅是民族英雄，而且在社会意义上也是一位自由英雄。我在那座城市出生，关于我的童年、家人和老师们的所有记忆都留在了那里，这一切都使我带着复杂、不安的情感寻找与那座城市相关的记忆。因为在一战结束后，那座城市因《特里亚农条约》而被迫与匈牙利分离，协约国集团置匈牙利的人民和经济、法律于不顾，以霸道蛮横的沙文主义手段将它并入了多瑙河畔的新联邦制国家——捷克斯洛伐克：二十年来，我总是感觉自己无家可归，无论是在匈牙利，还是在世界的哪个角落，因为我的故乡已经不再属于我的祖国，因为外族人现在统治着那里，而我们——由于我们的祖先——都听不懂这些外族的语言。这斩不断理还乱的浓郁乡愁充斥我这几十年的写作和行动，它们作为能力的储备或偶然的机遇又驱动了其他的什么。在全部生活中，在所有意识的底层有一个人，有一种情况，有一份回忆，总是在我后来的生活与自我意识的体验中时隐时现；父亲和母亲，一个童年时代的

---

1 拉库茨，即拉库茨·费伦茨（1676—1735），匈牙利贵族、特兰西瓦尼亚大公、拉库茨自由斗争领导人，曾向哈布斯堡王朝要求获得完全的民族独立。

身影，家乡的氛围，即使生活之路已把我们引向了辽阔的世界，但这些记忆仍然时刻陪伴着我们。对我来说，我的故乡是至关重要、事关命运的重要记忆；考绍在一战后落到了外族人之手：我在那里降生，长大，身为市民阶层的孩子，接受的是在我的记忆里已开始慢慢淡忘了的市民文化和贵族教育。

我渴望回到那座城市已经二十年了。事实上我也无法回去，因为我拒绝为那个新成立的国家——捷克斯洛伐克服兵役，所以那个新国家刚一成立，我就在捷克当局的逼迫下离开了那里，在之后很长的时间里，我在我那已经变得狭小的祖国里充当逃兵[1]。我当时之所以那么做，是因为对我来说，我无法忍受在一个表现得像我祖国的"征服者"似的国家军队里当兵，而与匈牙利为敌。二十年来，我不得不为自己年轻时做出的那个决定而承担后果。但我的父母继续生活在那座城市里，我父亲在捷克斯洛伐克国会担任了两届费尔维迪克匈族人的议员代表，主要负责留在境外的匈牙利年轻人事务，试图挽救那些年轻人的匈牙利意

1　1919年秋天，十九岁的马洛伊离开家乡前往莱比锡求学，之后从那里去了法兰克福、柏林和巴黎。《一个市民的自白：欧洲苍穹下》主要记录的就是那十年在异国他乡的漂泊生涯。

识，并且帮助他们保持对匈牙利文化的兴趣。

当希特勒率兵开进维也纳时，我父亲已经不在了；几年前他身心憔悴，搬到了《特里亚农条约》后匈牙利的一座外地城市[1]，不久后去世。他将自己所有的财富，连同他的健康，以及他声誉良好的律师事务所的收入全都花费到最后十年的"风车之战[2]"，当时这被称作"为少数民族的命运抗争"。然而考绍依旧留在那里，虽然我早已无法回去，当时我的父母也已经不住在那里了，我出生并长大的老屋也被没收，但是故乡始终让我魂牵梦萦。即便我在清醒的时候，也会为那座城市的命运担忧，不断唤起过去的记忆。我写过跟考绍有关的书和戏剧，亲手设计过舞台背景和演出服装，甚至有的书或戏剧的标题就直接使用了这座城市的名字[3]……然而现在，我已经越来越少再梦见那座城市，它命运的记忆已经以某种形式跟整个匈牙利的命运融合在一起，我无法把它单独地剥离出来。当我记起它时，

1　马洛伊·山多尔的父亲格罗施密德·盖佐（1872—1934），律师，曾于1925年和1929年两次被选为捷克斯洛伐克国会议员。1932年辞职，搬到匈牙利的米什科尔茨市，两年后病逝。

2　作者用堂吉诃德大战风车的故事比喻父亲在捷克斯洛伐克为匈族人争取权益的无望努力。

3　作者写过一部长篇小说《考绍的巡逻兵》（1941）和一部话剧《考绍市民》（1942）。

不再会像过去那样感到愤怒地发抖；我记起它的感觉，不过就像记起一个可爱而漠然的亡人。

但是，当希特勒率兵进入维也纳时，这一场地震无疑会导致多瑙河盆地内的地理结构发生各种根本性的变动，巨大的历史狂潮不仅淹没了一座座城市，而且席卷了各个民族和国家。因此，就在德奥合并的几个月后，《维也纳仲裁裁决》[1] 随之出笼，我的家乡被重新划归给已跟德国结盟了的匈牙利。然而，这一"收复失地"的重大事件对匈牙利人生活的影响，并没有在之前那些年里人们所想象的那般深远。当然，每个人都为此感到高兴，曾经的匈牙利城市和地区连同九十万匈牙利同胞一起重新回到祖国的怀抱；但是，作为这一重要事件发生的决定性背景的整个世界局势，却以某种方式破坏了这种喜悦。当时，希特勒已决定要吞并捷克，屠杀捷克人——在臭名昭著的《慕尼黑协定》[2] 签订后不久，这一切就真的

1　1938年11月2日做出的《维也纳仲裁裁决》，将一战后割给捷克斯洛伐克的土地和以匈族人为主的人口重新归还给匈牙利。

2　《慕尼黑协定》，即《关于捷克斯洛伐克割让苏台德领土给德国的协定》，是1938年9月英国、法国、纳粹德国、意大利四国首脑在慕尼黑会议上签订的条约。英、法两国为避免战争爆发，牺牲捷克斯洛伐克的利益，同意将苏台德区割让给纳粹德国。

发生了，苏台德地区被划归德国，法国人和英国人胆怯的表现，实际上鼓励了希特勒及其纳粹高层实施更大胆的扩张计划，因为法国总理大达拉第和英国首相张伯伦都毫无应对准备，感到无可奈何！——捷克人牙关紧咬地顺从了维也纳的命令，清空了当时被称为斯洛伐克的国家部分的南部车道。几座匈牙利古城，几个土地肥沃、历史遗迹丰富的地区和大约一百万人口重新回到祖国的怀抱。

当时我在那里担任记者的那家日报[1]，奉行的是自由主义和民主精神，但是在匈牙利的左翼，特别是外国左翼的眼中犯下了一项不轻的罪责：在那十年中，报纸推行领土收复主义政策，坚信能够通过适当的和平宣传说服那些签署糟糕的《特里亚农条约》的大国领袖们对这个历史性决议的不公平之处主动进行修订。许多报纸都在宣传领土收复主义政策，这时候英国的报业之王罗瑟米尔爵士[2]也在他发行极广的《每日邮报》里提出了《特

---

1 马洛伊从1936年12月开始在《佩斯新闻报》当记者。

2 罗瑟米尔爵士，即威斯康特·哈罗德·西德尼·哈姆斯沃斯·罗瑟米尔（1868—1940），英国报业大亨、政治家。1927年6月21日，他在《每日邮报》中撰写了一篇题为《匈牙利在阳光下的位置》的文章，提出修正《特里亚农条约》的可能性和必要性。

里亚农条约》对匈牙利极不公平的问题，由于我所工作的《佩斯新闻报》是英国《每日邮报》的合作伙伴，并且在匈牙利拥有广泛的读者群，因而我们想方设法散播这一政治理念。我再强调一遍，这家报纸从来未曾宣扬过"战争收复失地"这一危险的思想——后来就连反对者也不敢提出这一主张——我们，报纸的负责人和同事们都希望能通过和平启蒙的方式，提供客观证据，强调涉及历史、少数民族、人口与经济问题的基本原则，试图通过读者群甚广的德语版、意大利语版、法语版报纸唤起世界大国领袖们的关注，让他们意识到由于《特里亚农条约》犯下的错误，致使匈牙利国家和匈牙利人民蒙受了巨大的不幸。

当然，匈牙利民众对"和平收复失地"的努力做出了热情的回应，而国外人对于我们的诉求也没有装聋作哑，没有不闻不问。在英国议会，组成了一个"匈牙利之友"的议员小组，在罗瑟米尔爵士的报纸上经常公布一些资料，反映《特里亚农条约》签署后匈牙利遭受的不幸命运；我们公布的地图和经济调查结果也通过多种西方语言传播到世界各地，其中包括美国。当然，我们"收复失地"的愿望忽视了捷克斯洛伐克、罗马尼亚与南斯拉夫官方因怀有过大的民族野心而对我们的努力所抱的强大敌意，他们掀起一股又一股反击的浪潮，进行粗暴的政治谴责，发动充满谎言与威胁的文字战。他们指责《佩斯新闻报》出于商业利益宣扬匈牙利的领土收复主义思想。他们的指责中至少这一点是符合事实的：领土收复主义思想引发了整个匈牙利社会的广泛关注，并在报纸读者群中受到很高的赞誉——但这也是事实，报纸管理层倾注了大量的财力，为了能在国际上广泛传播匈牙利人"收复失地"的合理诉求，他们投入数以百万计的和平基金。事实上，这一指责的背后还另有企图，因为在当时，那些被称为"小协约国"国家的领导人和媒体，是当地极左翼政治力量或公开、或秘密的发言人，实际是秘密行动中的革命党人在发声。其意义在于，将我们所坚持的领土收复主义思想归结为匈牙利统治阶级复辟的虚妄借口和假面，指责在这一诉求的背后隐藏着统治者试图"开历史倒车"、复辟旧经济体制的反动目的。抨击者认为，匈牙利人现在之所以热衷于谈论考绍和克罗日瓦尔[1]，显然是想利用《特里亚农条约》问题转移民

---

[1] 克罗日瓦尔，即今天罗马尼亚特兰西瓦尼亚州的州府——克卢日-纳波卡，《特里亚农条约》前属于匈牙利王国领土。

众对土地改革和社会需求的关注；我们对丧失的领土大谈而特谈，却对匈牙利一百五十万没有土地、无家可归的农奴只字不提。

他们还说，匈牙利领导层之所以要拿《特里亚农条约》说事，是想借此借口而回避匈牙利劳动力、匈牙利知识分子的民主和社会发展问题；大领主们并没有完全纳税，因为拥有一千英亩和一万英亩土地的地主们维系着一个政府体制，而这一体制将绝大部分的公共负担转移到了底层的劳动者身上，每当这些问题从匈牙利社会生活的深处浮到表面，总是只有这么一种回答，因为在《特里亚农条约》后的匈牙利社会组成中丧失了我们国家最有价值的部分，被宰割后的国家不得不承担由昔日的大匈牙利国家遗留下来的社会负担。

另外，在秘密的和并不那么秘密的，得意于自己的伪知性主义、极端国际主义"先锋"思想的极左翼知识分子眼中，领土收复主义是一种罪恶，因为在他们看来，这只是一种被歪曲了的、过时了的爱国主义，是套上廉价的沙文主义和人为炒作经营的爱国主义外衣的民粹主义问题。这些指责也不是完全没有道理。但是，这也是不可否认的事实：在《特里亚农条约》签订后的二十多年里，境内外的匈牙利人无不沉陷于这巨大的悲剧中，饱受痛苦与绝望的折磨，千年的国家就这样被无情地割去三分之二的人口和土地。另外，那些人指责领土收复主义的目的是要维持旧体制匈牙利的"民族压迫"，这种指责并不公正；比我更加热心探究这一问题的社会学家和历史学家们分析认为——要知道，这些人中有许多根本算不上真正的右翼，也不是民粹主义的追随者——在旧体制的匈牙利，存在的并不是民族压迫，而是阶级压迫，包括斯洛伐克人、罗马尼亚人和塞尔维亚人在内的匈牙利少数族裔，跟贫苦的马扎尔农民一样无助地受到国家政权的压榨。

地方法官、村长、宪兵们并没有迫害罗马尼亚人、塞尔维亚人或斯洛伐克的贫苦农民，他们只是为了保护庄园主的利益，阻止一无所有的穷人提出要土地、涨工酬的要求，无论这些穷人属于哪个族裔。后来，历史学家客观地研究了这种被称为"民族压迫"的"迫害"事实，结果不得不承认：在旧体制的匈牙利，即便只是为了能让封建社会制度自身得以幸存，为了维护大领主体制，其公共管理体系和政权行政机构也会尽其可能地保护人权、公民权和少数民族权益，比如接受教育、使用语言、宗教信仰的权利。事实上，在旧体制的匈牙利，如果说外来民族遭受了折磨，但遭受的并不是马扎尔人的凌霸，而是来自代表大领主和地主阶层利益的匈牙利社会阶层的欺压。毫无疑问，马扎尔族的农奴和斯洛伐克、塞尔维亚的穷人一样，他们都是这个社会体制的牺牲品——在一战爆发前的那些年，大批匈牙利人移民海外就说明了这一点，当时有上百万生活在旧体制下的穷苦农民被迫移民美国！——匈牙利的穷人跟外来民族的同命运者一起分担了那个阶层共有的痛苦。

有人指责说，主张领土收复主义的人不惜代价、不遗余力地试图将"陈旧腐朽旧的大领主制的匈牙利社会"强加到较为先进、发展较快、崇尚民主生活的今日匈牙利身上，事实上这一指控并不符合事实。匈牙利人之所以坚持领土收复主义，并不是因为艾尔代伊或费尔维迪克的大领主们想要夺回他们失去的庄园，而是出于民族意识，出于历史需求。没有哪个民族会放弃抗议自己的祖国被肢解、被分割的正当权利。我不想在这里重述匈牙利领土收复主义的、广为所知的枯燥论调。我根本不想为匈牙利的领土收复主义政策进行辩护，我更强烈的希望是：生活在多瑙河盆地的各民族相互依存、相互竞争的精神能够蓬勃、和平地留存下去。与此同时，在付出了多么可怕的代价之后，所有人终于明白了，在多瑙河流域生息的各个民族拥有共同的命运，德国人和斯拉夫人的强大力量在历史性的潮汐中，无论是匈牙利人、罗马尼亚人，还是其他的斯拉夫亲缘民族，比如坚持民族独立和较为纯净的民主生活方式的东斯拉夫民族、波兰人、保加利亚人、捷克人、斯洛伐克人和南斯拉夫人，他们的祖国都同样面临被汹涌海啸吞没的威胁。领土收复主义的诉求，能够以令人信服的道理诉说匈牙利人的痛楚，抱怨历史的不公，但是在这种时候经常会发生的情况是，政治家和文人们站在酒桶上向全世界歌唱这痛苦的曲调，并且很快便意识到，回应他们的是令人感动的廉价回声，一个民族痛苦的高贵抱怨跟那些像做生意一般四处兜售的、打着爱国主义旗号、自以为是的解释混杂在一起。

但是，匈牙利"领土收复"的重要诉求，以及与之伴随的那些令人反感的并发症，并未在现实中得到改变：一个在多瑙河盆地生息、拥有千年历史的民族，被人极不公正地、贪婪而短视地大卸八块，无论是被割让的土地还是其祖国都无法从这残忍的肢解手术中康复过来。

除了土地问题，《特里亚农条约》问题也在匈牙利人的生活深处痛苦地灼烧。在希特勒率兵开进维也纳的几个月后，匈牙利国防军派出部队向考绍方向挺进，我也随部队一起上路，想回去看看二十年来我只能在梦里，在焦躁的渴望中，在恍然失神时见到过的故乡。即使在今天，我也只能说出自己当时的感受和想法：只要在大陆上还没能实现一个超越各民族的祖国，就没有人能否认自己对于家乡，对于讲这种孤独而美丽的语言的这种故乡情感，没有哪个意识清醒、具有判断力的人会指责匈牙利人的；要知道，在每个匈牙利人的心底都默默等待着这一时刻，足足等待了二十年！请想象一位等待阿尔萨斯[1]回归的法国人或一位想要看到遭外族人统治的英国领土重归祖国的英国人吧：当一块数千年都属于自己祖国一部分的领土终于回归到祖国的怀抱，这位法国人或英国人的心脏能不激动地为之狂跳吗？！即便在《特里亚农条约》后的匈牙利存在少数更清醒的智者，他们对各种"收复失地"的努力都抱着审慎和怀疑的态度，但在此时此刻，当怀揣了二十年的"领土收复主义"的梦想突然

---

1 阿尔萨斯，法国东部的一个地区，著名的白葡萄酒产地，二战初期曾被纳粹德国占领，二战结束后重新划归法国。

变成现实的这一刻，就连那些怀疑者也会觉得：匈牙利遭受到的历史性不公，如今终于得到了正当的补偿。

然而不知道为什么，喜悦并没有我们想象的那么热烈、那么由衷。《维也纳仲裁裁决》将历史悠久的匈牙利领土重新划归给祖国，但是匈牙利得到这份补偿的方式，并非如我们希望的那样发生：既不是出于大国的理解，也不是由于正义的胜利，而是基于德国-意大利轴线国即刻的兴趣。每个人都能感觉到这一点，因此激动者的喜悦很快就变得酸涩。我们收回了失去的领土，既不是凭借自己的力量，也不是靠我们历史观的正确，而是基于大德意志帝国东方政策的意志；没过多久，在类似的背景和条件下，艾尔代伊的一部分土地也被重新划入匈牙利版图[1]。我们得到了一份厚礼，但是我们既无法用力量，也无法用真理予以报答，而且，每个人都感觉到，这份礼物不可能是免费得到的，我们很快将为之付出巨大的代价。那些总是后知后觉的聪明人后来声称，在当时那种情况下，匈牙利政府最明智的选择应该是放弃维也纳裁决所给予的好处，拒绝这种解决方案。但实际上那是不可能的。一旦政府拒绝纠正

---

1 1940年8月30日，第二次《维也纳仲裁裁决》将一战后割给罗马尼亚的特兰斯瓦尼亚地区北部的土地重新归还给匈牙利。

历史对这个国家造成的不公，那么再不会有哪个国家站出来为你主持正义。假如当时的匈牙利并非由一个半法西斯主义的政府统治着，而是由一个自由、民主或社会党人执掌政权，如果他们拒绝维也纳裁决并放弃收复失地的话，他们肯定会在民众愤怒的狂潮中狼狈地下台。因此，我们必须接受这份厚礼，我们有权接受我们始终渴求并希望得到、但凭借自己的力量又不可能得到的东西。而且我们清楚地知道，马上就会为此收到一张账单。

　　几年过去，大概在十年之后的四十年代后期，有一位老先生[1]找到我，他很有名望，曾经在边境那边，在费尔维迪克地区的匈牙利少数民族中扮演过颇具影响力的公众角色。他学识渊博，经常旅行。这位老先生是一位以讲话犀利、机智出名的政治家：他是费尔维迪克地区一个古老匈牙利家族的后裔，早在一战前，他就活跃在匈牙利政坛，二战后曾担任捷克国会议员并参加过在日内瓦举行的国际联盟大会，后来他又去了伦敦和巴黎，代表捷克斯洛伐克的匈牙利少数民族争取权益。他来访

1　即苏吕·盖佐 (1873—1957)，大领主、政治家，1925—1932年在布拉格议会代表费尔维迪克地区匈族人担任议员，被称为"斯洛伐克匈牙利人的外交部长"。

的时候已经年逾八旬，我跟老先生谈论过去和现在；他有着很高的文学素养，带着清醒的匈牙利人所具备的那种开朗的斯多葛主义精神和长者的优越感看待所发生的那些事件。在谈话结束时，我向他请教：根据他渊博的知识和丰富的经验，匈牙利在过去几十年里奉行的领土收复主义政策和实践是否真的错了？是否真像革命党人现在所指责的那样？现在，既然我们所希望的一切都已经丧失——不要说国家的独立，甚至连自主的民族存在也成为问题，因为匈牙利一旦被纳入了苏联阵营的成员国之列，一切都将取决于莫斯科高层对世界政治的考虑——真的再没有必要自欺欺人；之后，我们可以开诚布公地谈论过去，探讨在过去二十年里，除了领土收复主义之外，匈牙利是否还别的什么切实可行的政策。

我反问这位老先生，他对这个问题是怎么想的？他经常在捷克议会中面对捷克高层领导人陈词论理，不仅认识爱德华·贝奈斯[1]、托马斯·加里格·马萨里克[2]

---

1 爱德华·贝奈斯（1884—1948），捷克斯洛伐克创建人之一，曾任捷克斯洛伐克外交部长、总理和总统。
2 托马斯·加里格·马萨里克（1850—1937），捷克斯洛伐克首任总统，被称为"祖国之父"。

和罗马尼亚的尼古莱·蒂杜莱斯库[1]，跟塞尔维亚的尼古拉·帕希奇[2]更是旧相识，他还认识克罗地亚领袖弗拉迪米尔·马查科[3]和罗马尼亚农民运动领导人尤柳·马钮[4]；我很想听听他的看法，如果我们匈牙利人，在《特里亚农条约》后的二十年里放弃了领土收复主义的诉求，极力忍受悲剧性的牺牲，真诚地想跟多瑙河流域的诸国达成和解，以期实现"多瑙河联邦"的构想，客观地说，这种合作到底有没有可能实现？……对于我提出的这个问题，老政治家认真地沉思了许久。最后，这位八旬老人振作起精神，认真地回答：他不相信这种合作具有实际操作的可能性。即使我们主动放弃领土收复主义的诉求，捷克人、罗马尼亚人和塞尔维亚人也不会希望在多瑙河流域与匈牙利人真诚、平等地进行合作。他们不会赞同这一主张，因为他们不愿跟我们达成协议；

---

1 尼古莱·蒂杜莱斯库（1882—1941），罗马尼亚外交家、国会议员和财政部长。

2 尼古拉·帕希奇（1845—1926），塞尔维亚王国的主要创始人，多次担任首相。

3 弗拉迪米尔·马查科（1879—1964），克罗地亚农民党主席、南斯拉夫王国的政府副主席。

4 尤柳·马钮(1873—1953)，罗马尼亚民族农民党领袖、罗马尼亚首相。

这些国家的政治目的是彻底摧毁匈牙利；想要拔掉我们这根"外族的楔子"，想以某种方式将匈牙利从以斯拉夫人为主要势力的地区中心排挤出去。无论是在知识领域，还是经济领域，他们都不会跟我们真诚地合作，他们根本不想让匈牙利人在平等的条件下生存和发展。这些国家的人民将匈牙利人视为多瑙河盆地的不安定因素。

面对这个严肃而苦涩的论断，我跟他一样沉思了很久。随后，我又征询老先生的看法，问他二战后，多瑙河流域的人民能否在经历了苦难之后吸取教训，在未来的那天，一旦局势转变，帝国主义阴影从这个地区退去，他们能否团结起来？能否以诚相待地尝试实现多瑙河联邦？对于我的提问，这位老政治家露出一丝看破红尘的微笑，他确实经历过太多太多，看到过太多太多，他用平静的语调回答说：人民的"诚心"，只见于书中的说教，现实中从来都服从于赤裸裸的利益，无所谓他们想不想诚实。并非绝无可能，他接着又若有所思地补充道，如果能够发生什么更新的、比过去的所有恐怖历史都更恐怖的事情，或许能够迫使多瑙河流域的人民联手合作。但是，谁都不会主动放弃或由于吸取了惨痛教训而情愿

　　　　　　　　　　　　　　　　　　我本想沉默

放弃沙文主义的国家志向。

而后我们展开了激烈的辩论。我说，毫无疑问，我不具备他那样丰富的阅历，他站在八旬的阿尔卑斯山顶遥遥地俯瞰平原的生活，但是，或许我能够活得比他更加贴近时代？也正因如此，我仍怀有希望。我希望，两次世界大战的可怕教训能够让人类变得理智一点，能够让人类从心里明白团结合作的必要性，能够听从命运的呼唤，建立更大的共同体。运输技术、现代化通讯，以及应共同的需求发展起来的新兴工业，都要求建立一个更大的共同体——政治、知识领域上的合作，也需要更大的经济共同体。我们所生活的时代教导我们，要求我们这样做。假如在西欧，有一天建立起一个更大的共同体，实现多国之间的共同海关和统一货币，那么这本身就足以使不同民族的国界随着时间的推移而精神化，多瑙河流域的人民也可能会效仿这种榜样。老先生一言不发地听着，并表示理解地点点头。他说，奥匈帝国是一个很好的主意，但最终有一天还是解体了。"我亲爱的朋友，"告别的时候，他带着忧伤的笑容说，"世界就是易燃品……我们无法用计划把它装进防火的保险箱里。"他走了之后，我反复琢磨他说过的话。随着时间的流逝，较大的共同体付诸了实践。但是，老先生讲过的那些话还是经常引起我深思。每当我们再次不情愿地看到，人类——这种充满好奇心的生物——怀揣着普罗米修斯式的顽皮玩耍易燃品，玩耍世界，我便会想起老人家的预言，担心他讲的最终是正确的。世界确实是易燃品，一个人，在某一个时刻，就可能划一根火柴把它点燃。在广岛和比基尼的教训之后，我的担心并非毫无道理。

2

但是在当时，广岛事件还很遥远。暂时只是空袭，德国飞机只是携带杀伤力很小、不到五百公斤、型号很老、种类过时的炸弹在欧洲大陆的上空盘旋，其他型号的飞机或炸弹尚不见踪影。希特勒不发一枪就神气十足地开进维也纳，之后发生的一切都自然而然，几个月之后我也可以随着军队重返故乡，回到已跟祖国分离了二十年的考绍市，那是我曾无数次在梦中回到过的美丽、古老的费尔维迪克小城。我就这样返回到家乡，差一点就写下这样的话："我率领我的小分队……"队伍中大多是激情洋溢、用贡伯什·久拉[1]精神培养出来的匈牙利新国防军的年轻士兵，另外还有随行的作家、记者和画家们。进城之前，在城市郊区，我们被安排到正规军的队列里，许多来自市民阶层的见证者和嘉宾们也应邀加入到费尔维迪克当地的游行队伍，我也不得不迈着仪仗队式的赳赳正步走在故乡的街道上。在街边公寓的窗玻璃后，站着很多旧相识，他们注视着这支奇怪的队伍，看着匈牙利的作家、画家们在军官响亮的口令下大踏步地行进；老人的脸上流露出讥笑，年轻人也忍不住哈哈大笑。他们是对的，我们看上去确实很可笑。

　　这一路，我第一次跟匈牙利新国防军的士兵们在一起住了几天。他们中有的人参加过叛乱，有的人曾被临时招募进人民起义军，后来转成了职业军人，在《特里亚农条约》后的二十年里，他们接受新式的培养，执行新任务，扮演新角色。进驻费尔维迪克收复失地，这项特殊的任务将我们聚集到一起，也给了我一个特殊的机会与他们相识；在我们共处的那些天里，我越来越惊讶地发现：他们说话的腔调、言谈举止和他们的世界观，

1　贡伯什·久拉（1886—1936），政治家、军事家，曾任奥匈帝国指挥官、匈牙利王国国会议员、步兵将军、国防部部长、政府总理。

在我看来是那样的陌生。虽然在过去的十年里，我生活在《特里亚农条约》后的匈牙利，生活在祖国，但我完全生活在另外一个圈子里，活在自己的世界里，所以我对新军的面貌、作风和精神状态只有听闻，并无了解。当然，对费尔维迪克地区和后来特兰西瓦尼亚的匈族人来说，同样感觉陌生。要知道，经过二十个春秋，他们终于能在渴望和希望了二十年后重新回到他们想要看到的地方！队伍大张旗鼓地开进，拖着大炮，骑着摩托车，驾驶着坦克，雄赳赳气昂昂地大步前进，感觉就像一支得胜的军队占领了这座匈牙利古城。事实上是，有两位轴心国的外交官——两个人后来都遭到了处决——齐亚诺[1]和里宾特洛甫打了一个"赠送"的手势，便将美丽的匈牙利城市和费尔维迪克地区暂时交还到匈牙利人手中。坦克和大炮伴着轰隆的声响从街上驶过，国防军部队神色紧张地跟随其后，看得出来，这批军人没经过战火的洗礼——后来，费尔维迪克的原住民议论纷纷，原来的匈牙利国防军骁勇善战，世界驰名，但这支在《特里亚农条约》后二十年里培养出来的新军却令人失望，跟捷

1　齐亚诺，即加莱阿佐·齐亚诺（1903—1944），意大利政治家、贵族，曾任宣传部长、外交部长。1944年1月被维罗纳审判判处死刑。

克军队的装备和风貌根本无法相比！——新军的军官们走在队伍前列，步伐铿锵，情绪激昂。后来，摄政王霍尔蒂也骑着一匹白色战马出现了，发表致辞，庆祝领土收复；从中世纪建造的美丽大教堂的钟楼里传来古老的钟声。数万人惴惴不安地聚集在街头，拥挤嘈杂，人群里有匈牙利人、斯洛伐克人，还有生活在费尔维迪克地区的犹太人；在过去二十年里，这些犹太人始终坚定而忠诚地跟作为少数民族的匈族人站在一起，无论是在大选时，还是在文化生活中，都始终态度鲜明地支持匈族人的利益。六年后，正是这些费尔维迪克的匈牙利犹太人第一批被送入奥斯威辛集中营；第一批被运到死亡营的人中幸存者极少，大概只有百分之五。

我们跟当地的居民和外地的来宾一起站在那里，站在披上节日盛装的城市街道上，我们认真地聆听大人物们接二连三、抑扬顿挫的讲演——摄政王霍尔蒂的匈语发音不是很准，带着德语的腔调——我们熟悉那个声音，记得那个腔调。在聆听讲演的最初几个小时里，我仍然无法摆脱内心的焦虑和不祥，感觉这里有什么地方出了问题，有什么事情没有做好。我安慰自己说，我之所以感觉到失望，只是由于怀揣了太多太久的热切渴望。人在这种时候通常会这样，一旦渴望已久的事情突然变成现实，就会在那一刻感到莫名的失望：因为渴望早已提前消耗完了快乐。我希望现在也是如此，希望此刻的失望只是一种快乐的变奏。我环视家乡那些古老家族的后裔们，审视那一张张熟悉的面孔，然后是我们自己的，我们这些来自祖国参加庆典的人。这是一个合法的国家，所有拥有最高军衔或官衔的大人物全都在场。但是现在，当我看到匈牙利的社会精英们跟着这样一群乌合之众站在我家乡城市的广场上时，心里感到一阵紧缩，不仅因为这支在《特里亚农条约》精神下培养出来的匈牙利国防军，而且还因为我们，我们这些不穿军装的文化人也算不上一支多出色的队伍。在由政府首脑、内阁部长和政治家们组成的队伍里，只有一张侧脸显示出真正的个性：他就是贝特兰·伊什特万。当时他已经不再担任总理，当有一位讲演者提到他的名字时，集会群众中的一群法西斯分子一听到这个令他们憎恨的名字就立即发出一片嘘声。贝特兰一动不动地站在那里，对那些示威者瞥都没有瞥一眼，平静地点燃一支香烟，继续一言不发地听台上的发言。

军衔较高的军官们聚集在城市的各个角落，他们在咖啡馆、饭店和招待会上格外惹眼地高声谈论。我拜访了一位旧相识，他是当地一个人家族的后裔；我看了自己曾在那里长大的老屋，我曾和父母、兄弟姐妹们一起生活过的地方；那些熟悉的街道、门洞和老面孔，这一切都给我留下了极其深刻的印象。故人重逢，但是不知何故，人们并没有表现出由衷的快乐。每个人都表现出一副高兴的样子，似乎心底的渴望变成了现实，但是实际上，在当地人中间能够觉察到一种相当异样的低落情绪。中午，我去了墓地，找到我祖父母的坟墓——墓地里，刻着德国人名字的死者墓碑大多已年久失修——我坐在祖母的那块已经下沉了的墓盖上，从那里，可以清晰地眺望这座笼罩在十一月灰色的天光下、坐落在流经峡谷的小河两岸的古老城市，我抽着香烟陷入沉思：这里到底出了什么问题？……因为就在那一天，以及之后的那些日子里，我肯定地知道：发生了什么不祥之事。

考绍是一座古老的城市，在捷克斯洛伐克统治时代发展得很快，但是话说回来，哪座城市在和平时代不会有所发展？不，问题并不在我们这些回乡者身上。回归之后没有多久，这座城市的原住民不仅明确地感觉到，而且会坦白地抱怨：他们现在回归的这个匈牙利国家，跟他们记忆中的那个原来的祖国并不相符。我们究竟带来了什么，我们给那些盼望回归祖国二十年了的当地居民带来了什么？我们带来了一种意识，让人们感觉到匈牙利人回到自己古老的土地，对于费尔维迪克的匈牙利人来讲，我们的到来意味着"伟大的解放"。但是，当地的这些匈族人即使在他们作为少数族裔生存的时期，即使在捷克斯洛伐克民族政策的限制下，他们在这二十年里毕竟了解到了一种民主的生活方式，尽管这种生活方式存在缺陷，而且腐败问题相当严重，但是不管怎样，它本质上还是民主的；所发生的情况并不比被割给罗马尼亚的艾尔代伊地区更严重或更特殊。虽然这些问题都不容抹杀地存在，但毕竟还是一个民主国家。对于捷克斯洛伐克人和非捷克斯洛伐克人来说，他们得到的公民权并不平等，捷克人通过他们卑鄙的民族政策实现了自己的民族野心；然而在平时的日常生活里，匈裔、德裔、犹太裔的少数民族生活在民族的氛围里。现在，我们作为《特里亚农条约》后的匈牙利国家代表重新返回到这片土地，我们惊讶地意识到，在多瑙河盆地，我们国家的生活方式、社会结构和世界观都已经落后于时代。我们带来的并不是古老的匈牙利国家，而是一个实验性质、扭曲变形、与费尔维迪克地区的原住民记忆不符的新版本。由于在捷克斯洛伐克统治时代，当地的匈族人深切地感受到自己始终苦涩的少数民族命运，也正因如此，他们对我们这些与他们使用共同的母语、有着血缘关系的匈牙利人充满了期待；但是，与此同时他们也了解了民主，在那个民主的环境里，无论是在政府部门，还是在日常生活中，虽然民族与民族间存在着区别，但并不存在坚不可摧的阶层隔墙：而我们将这些隔墙带回到了这座城市。就在那天，这块曾被割让了的领土重新回归了匈牙利，"尊贵的大老爷们"也随之回到了费尔维迪克地区，一同返回的还有那些幽灵和无处不在的可怕影子，那些缺少教养、用鼻音说话、带着印戒的法官和税务官，那些趋炎附势、对市民们颐指气使、靠攀附权贵而获得菲薄薪水的市政小职员们。一同返回的还有完全效忠于贵族阶层意志的、令人反感的匈牙利国家的声音，匈牙利式低头哈腰的问候形式、低眉顺眼的礼貌用语、强调等级差别的称呼方式重新又变得时髦——如果一位贵族跟你以"您"相称，说明你不属于他们所处的上流阶层，换句话说，你不是"绅士"，你会为此感觉到受辱。一同返回的还有新巴洛克阶层文化的"优越感"、霸道的举止和傲慢自负的"文化"特权。

从第一刻起，我们在这个地区建立的行政和军队体制就仿佛并非建立在自己的祖国，并非建立于一个文化程度很高、城市化的、以民主思想为基础、曾经熟悉的匈牙利社会，而是建立在一个殖民地地区，统治者必须用鞭子、烈酒和十字架来管教当地的土著居民。后来，我曾跟贝特兰·伊什特万交谈过多次——在艾尔代伊地区回归匈牙利的短暂时期，这些问题表现得更为突出，他的目光也更加透彻——他曾明确表示，将收复的那些地区的行政管理权重新交到当地人手中，那才是最明智的选择。遗憾的是，事情并没有这样发生。那些被当局派去接管新收复领土的官员们和军官们都是在《特里亚农条约》精神下培养出来的，对他们来说，此行就像一次征服殖民地的探险之旅。当然他们中也存在例外，但是社会的氛围是由普遍和整体情况决定的。这些具有殖民心态的人不仅在精神、举止、道德、世界观和教养方面都表现出愚蠢，而且抱有各种敌意，大声地怀疑，这种怀疑在政府和军方的行动中也表现出来了，在他们看来：这些生活在曾被割让地区的人已经了解了什么是民主，所以从高举"基督教-民族"旗帜、属于"老爷们"的匈牙利国家的角度而言，这里的居民是"不可靠的"。

事实上，他们并非不可靠，只是他们接受了民主，习惯了那种社会生活，在政府部门里出身不能成为阶层特权，社会地位再高也无权鄙视其他阶层的人；他们习惯了民主，所以当他们终于回归到自己渴望了二十年的祖国后，却发现祖国并未发生任何的社会变革，于是他们感到沮丧和失望。在新设立的政府部门里，那些被派来任职的官员和军官们表现得就像从莫斯科来的领导，试图用堂皇的说教引导当地人走上正路。他们甚至公开宣称，费尔维迪克的社会是"不可靠的"，这里的匈族人就跟斯洛伐克人和费尔维迪克地区的匈牙利犹太人一样，在这些灵魂阴暗的管理者看来是"不可靠的"。

这些患有恋母癖的家伙们——费尔维迪克的原住民用苦涩的幽默这样称呼那些被从祖国派来的官员和军官们——嘟嘟囔囔、满腹狐疑地坐进了政府机关，大声高喊着既烦躁又无知，而且早已过时了的爱国主义口号开始"整顿秩序"。我跟许多费尔维迪克居民交谈过，这些人——在捷克斯洛伐克统治时期——为了他们的匈族人身份，在财富、人身安全和自由方面都承受过极大的风险，但是他们中没有一个人不为匈牙利官方重新接管这个地区行政管理权的态度感到极度震惊。有人说，感到失望了的费尔维迪克和艾尔代伊匈族人，后来将希望寄托在捷克人和罗马尼亚人身上，这话肯定不是事实：要知道，在《特里亚农条约》后的二十年里，在跟捷克斯洛伐克人和罗马尼亚人的关系上，他们在心灵深处积蓄了太多的苦难经历和痛楚记忆。但是他们了解了民主，即便他们所了解的民主形式并不完善，这种成长和教训使他们感到困扰。现在，他们承受双倍的痛苦，因为让他们感到受伤和痛苦的人，恰恰是从血缘和语言而言他们理应归属的人。

这所有的一切都从那个美好的日子开始，就在那天，我们实现了渴求已久的愿望，并将我们的担心一直揣到它终于变成现实的那一刻：那是土崩瓦解的一刻，苏联军队"解放"了因《维也纳仲裁裁决》而回归了匈牙利的费尔维迪克、艾尔代伊和巴奇卡[1]地区。几年后，诺维

---

1 费尔维迪克、艾尔代伊和巴奇卡历史上均属于匈牙利王国，《特里亚农条约》将这三个地区分别割给了捷克斯洛伐克、罗马尼亚和南斯拉夫；后来因《维也纳仲裁裁决》先后回归匈牙利，二战结束后再度割让给那三个国家。

萨德事件[1]表明，这些发疯了的、已变成纳粹了的、丧失了理智的官员和军人们的意志发展到残酷无情和自杀性疯癫的地步，一个虐待狂的城市指挥官以"整顿秩序"为借口在刚刚回归祖国的南方城市里一夜间屠杀了数千人，其中包括犹太人、塞尔维亚人、德意志人和马扎尔人，殉难者的尸体被抛进了冰冷的多瑙河。这些魔鬼的暴行让人们明白，在冠冕堂皇、威仪四方的匈牙利国家的幕后蛰伏着多么邪恶的力量！从老主顾的餐桌开始到各种各样的秘密联盟，在莱文特学校，在图鲁尔协会，之后在政府部门和军营里，在各种政党的组织内，这种力量到处渗透，无处不在。后来，在诺维萨德恐怖事件发生的日子里，这些家伙终于暴露出自己真实的狰狞面目，匈牙利政府和军界也付出了很大的代价才遏制住这些狂徒和暴虐的军人以"整顿秩序"的名义，以"不可靠"和"与敌人密谋"的指控发起的疯狂大屠杀。就在那场恐怖大屠杀结束的那天，匈牙利箭十字党及其领袖

---

1 诺维萨德，塞尔维亚北部城市，历史上曾属于匈牙利和奥匈帝国。1942年1月，匈牙利军人和宪兵在费凯泰哈尔米－切德奈尔·费伦茨中将的率领下以剿灭游击队为名，对当地外族人进行了血腥屠杀。

萨拉希·费伦茨[1]的血腥游戏也暂时收场。费尔维迪克地区的匈牙利人举行游行，庆祝这个历史性胜利。

实际上，费尔维迪克的原住民和那些被从祖国派去"管教"他们的官员和军官们根本就无法用真诚的声音相互交流。居民与当局的接触里缺乏民主的基调。毫无疑问，新来的军官和官员中有很大一部分人拥有"勇士"[2]荣衔。这个"勇士团"是《特里亚农条约》后匈牙利时期孕育出的怪胎之一。执政者不仅授予"勇士"荣衔——就连勇士们的妻子也跟着沾光，被授予"民族巾帼"名衔，他们想要创建一种像印度那样的种姓制度，或类似于日本的武士制度：他们想要建立起一个特权阶层。在匈牙利过去的历史上，每一次改朝换代，每一位新登台的统治者都会让一些有功之臣穿上匈族特色的勇士戎装，

---

1 萨拉希·费伦茨（1897—1946），二战时期匈牙利的纳粹组织——箭十字党的领导人。1944年，德军占领匈牙利后，他被希特勒扶植为国家元首兼总理。在他统治期间，大量犹太人遭到屠杀。二战后他被以战争罪名处以绞刑。

2 匈牙利历史上很早就有"勇士"称号，是对在战场上表现英勇、战功显赫的将士的敬称，裴多菲曾写过一部长诗《雅诺什勇士》。1920年，匈牙利摄政王霍尔蒂·米卡洛什正式创建了"勇士团"，向那些"为匈牙利民族而战的杰出人士"封衔，霍尔蒂亲任勇士团团长，封衔仪式每年举办一次。二战后，"勇士团"也并没完全消失，它随着政权更迭，多次重新组建。

举行隆重的授勋仪式，赐予他们"勇士"称号。因此，这也并不稀奇，现在的匈牙利当局每年都会举行一次授衔仪式，以"军功的名义"向新的精英颁发"勇士"荣衔，他们中大多数是军界人士。匈牙利历史学家对这个问题比较挠头，因为在匈牙利历史传说中从没什么"战神"，摄政王及其心腹只好错误地、表面地仿效古代日耳曼人对主神奥丁[1]的崇拜仪式，编制了一套宣誓仪式。但是不管怎么样，他们原本的愿望并没有错：一个腐朽、封建、贵族和士绅的社会感觉到需要建立一个新的上流阶层，因而成立了"勇士团"。他们只将荣衔和勋章授予那些在上次世界大战中表现优异的军人。从选人的角度看，这是一种单向选择，因为一个社会的杰出人物不仅需要在战场上证明自己的出类拔萃，毫无疑问，还应该看他在战争中所持的立场是否正确。

战争是对人的最大考验，考验一个人在精神力量、自觉意识、沉着和勇气方面的综合表现，看他是否无愧于他所属的社会阶层，是否称得上社会名流，是否能配得上贵族群体。因此，建立"勇士团"是基于建立新的

1　奥丁是北欧神话中阿萨神族的主神。

贵族制的考虑，其目的是想在讲究血缘、日趋没落了的旧贵族制内的贵族之外，培养匈牙利的新贵族。

因此，"勇士"头衔的获得与出身血统无关——当然，有一点他们会格外谨慎，绝不能让犹太人当上"勇士"，即便他们在战争中多次表现出色，甚至，假如哪个基督徒娶了犹太裔的妻子，也不能荣获"勇士"称号！——但是任何一个普通基督徒都有可能成为"勇士"，农民、工人、小公务员，只要他们能够证实自己在战争中立下了功绩，或者说，只要能够证明他是一个"可靠的人"。总而言之，他们想在这样的条件下打造出一批新的匈牙利社会精英。

或许他们还抱有这样的想法——有人用"英国崇拜热"指责匈牙利领导层并非没有道理——他们仿效英国试图用新树立的、农民或市民阶层出身的高尚人物来为那些因循守旧、日趋腐朽的贵族同僚输血，补充力量。所有这一切都很匈牙利化，而且军事化和政治化，"创建一个由民族精英，由勇敢、正义之人组成的新的贵族群体"——这个初衷本身并没有错，但是在实践过程中发生了严重的扭曲。在过去二十年里，"勇士团"制度逐渐变成了某种"集团公司"："勇士"荣衔，意味着能在竞争领域和工作领域享有特权，而且"勇士"们的后代也可以享受这个特殊的贵族名衔，甚至在大学里，在考试时都意味着一种可以例外的特殊待遇。勇士和勇士的后代都属于国家内部、有权有势的权贵圈子：这些人利益交织，相互依附，贪婪地、肆无忌惮地利用这种特权。所以实际情况是，"勇士"的名衔很快就丧失了所有的道德价值。是的，确实发生过这样的事：有一位病人由于牙疼，去到牙科诊所找医生拔牙，而接诊他的牙医是一位"勇士"，于是病人心里开始犯嘀咕，担心这位顶有社会桂冠的医生在大学里未必真像其他同学那样刻苦地学习，未必真的掌握好了牙科技术，因为在大学考试时，教授们对"勇士"的要求肯定不会那么严格，容易高抬贵手。换句话说，这些跻身于杰出社会阶层的名流子弟，实际的技术能力让人怀疑，不一定比得上那些没顶任何社会桂冠的普通医生。几年后，在1944年夏天，这个国家变成了焦土，在一间乡下的农舍里，我翻到一本最新一期的《勇士》杂志，那是这个新贵族团体的官方公报，我简直不能相信自己的眼睛，在杂志里居然能读到这样的报道：在这个变成了焦土的国家，在外地某个城市，某位勇士获得了一块被作为"勇士领地"所赐予的"犹太人土地"，换句话说，他占有了别人的农庄……由此可见，勇士体制在实践过程中变得如此扭曲，只是打造出一批新贵族而已，社会并没有丝毫的进步。

这些勇士及后代，所谓的"爱国主义勇士"，充斥着那些收复回来的城市街道，他们很快占领了政府部门。对我来说，那是一个忧心忡忡、思绪不安、但也向往了很久的特殊夜晚，就在那天夜里，我遇到了一件怪事。这是我二十年来的第一次返乡，第一次在家乡过夜。我的家在这座城市里已不复存在，所以我在一家老旅馆里订了一间客房。午夜时分，我走进旅馆的前厅，正好目睹一件丑事：几位年纪稍大、头脑清醒或没喝得太醉的军官抓住一个烂醉如泥的年轻军官的胳膊，叫他别这么大喊大叫，因为那个喝醉酒的年轻军官出于一股狂热的爱国主义激情想要扇那位老门房的嘴巴；年轻军官认为老人"冒犯了他"，"对他的态度不够恭敬"，"跟他说话的口气不够客气"，等等。"回头让我来教教你怎么民主！"那个年轻军官一边打着酒嗝儿，一边疯狂地喊叫。几位年长的军官拽住他。那位年纪很大的旅店门房，我从小时候就认识他，他家是费尔维迪克的原住民，当地的匈族人跟他都很熟，在捷克斯洛伐克时代，他一直都在这家旅馆里当门房，现在也是，他不可能会对这位新客人不敬，不可能怠慢这位年轻的匈牙利军官；不过，他有可能没有像农奴对大领主那样以卑微的态度向他问候，因为在捷克斯洛伐克时代，他习惯了对客人简单地道"晚上好"，所以让这位年轻军官感觉受到了冒犯。"回头让我来教教你怎么民主！"这个参加了白天庆祝仪式后喝得酩酊大醉的年轻军官喊出的这句醉话，准确地表达出那些被派来接管这些"重新收复的城市"的官员和军人们普遍的心声，他们认为自己有权用这种训教的口吻威胁这些生活在被占领区的匈族人。这可怕的、令人厌恶的、充满威胁的叫喊，在我的耳畔和心里响起回声，我不无心悸地走上台阶，走进客房，二十年过后，我第一次在自己的家乡坠入梦乡。我不断从噩梦中惊醒，我做的都是些令人难堪、焦虑的梦。拂晓时分，天光渐亮，我不仅是从那一夜的梦里醒来，而且还是从过去二十个春秋的梦中苏醒。正如丘吉尔所说："事实要比梦想更有价值。"我们不得不面对这个事实，一个梦，只会使得我们更加贫穷。

3

事实是，从德奥合并的那一天起，政府接二连三地颁布了许多无情的法律。希特勒有一天率兵开进了维也纳，而我们匈牙利人，有一天也开进了费尔维迪克地区；没过多久，希特勒的军队又进入苏德兰地区——元首预先就已经表示他"不想再看到捷克人"——但是此后不久，他就改变了这一立场，他率领军队开进了布拉格。这一切都像一块机械表一样分秒不差地准确发生，匈牙利人抱着"收复失地"的愿望跟着德国庞大的身体一同行动，很快我们也"开进了"艾尔代伊地区、南方地区和南斯拉夫境内；又过了些日子，当希特勒已经基本征服了南斯拉夫，至少我们凭着自己的力量收复了割让给南斯拉夫的南部地区，并在这些战斗中流血牺牲，因而感觉到民族自豪感，他们为这些地区的回归付出了代价。换句话说，所发生的一切都合乎逻辑，因为一副庞大的身躯，一个巨大的帝国，一旦迈出了第一步，一旦终结了自己安静的状态，它就不得不一步接一步地走下去，以在行进中不断维持重心的平衡，它一旦停下，便会轰然瘫倒，因巨大的体重而难逃毁灭的宿命。我们还有几个月时间能生活、旅行，仿佛欧洲安然如旧，岁月静好；仿佛在它文明背后的所有思想、制度和思维方式都真实而完美，象征着欧洲大陆的和谐统一。在那几个月里，欧洲的海滨浴场和高山温泉都挤满了避暑的游客和休闲者，报纸杂志里也歌舞升平，丝毫嗅不到战争的血腥和战场的硝烟。人们似乎意识到，这貌似和平的几个月，只是个短暂的缓刑期，是他们享受这种注定被毁灭的生活方式的最后一次机会。那年的夏天，是二战前最后一个和平的夏季。就像在所有大灾难即将降临前通常会发生的那样，人们并非出于理智，而是出于紧张地以歇斯底里的情绪应对自己不祥的生命预感。在这几个月里，有人疯狂地准备，有人淡泊地等待，有人盲目地行动；有人因为担心空袭而卖掉房子，抢购金条，还有人则摩拳擦掌，准备应战。战争魔鬼的身形刚在迷雾中显现，人们刚嗅到自焚之火的烟味，刚看到飘浮空中的灰尘，但是人类大灾难的白兀鹫和战争经济与社会的征税官就已经等在了国家的边境后，时刻准备扑过去用锐利的鸟喙撕咬大屠杀死难者身上的腐肉。战争还没有爆发，和平还没有来临。每个人都感觉到，就像在这种时期通常发生的那样，人们都表现出强烈迸发的生命热情，即便在日常性的人际关系中。这种快乐格外浓稠，令人陶醉，痛楚也更加深切，更加苦涩。

在那几个月里，我的个人生活遭受到致命的打击：在经历了长期没有孩子的婚姻生活后，我们期盼已久的儿子终于降生，但不幸的是婴儿早夭[1]。当我埋葬他时，在我的体内开始了一个我只能在很久以后才可能理解的漫长过程。没有埋葬过孩子的人，不可能理解这种感受。仿佛我接种了一种防御疼痛的疫苗，一种能够抵御所有令人悲恸欲绝的人类死亡的疫苗。几个月后，战争爆发了，我以自己的方式亲历了所有的一切，亲历了那场匈牙利人不得不承受的、在平民战场上展开的现代化大屠杀[2]：在疯狂空袭期间，我曾在地窖里躲藏了许多个小时，蜷缩在惊恐地哀吟的人们中间，我曾漫步在硝烟弥漫的街道、林边，或寄居在乡村的农舍，我曾跟家人一起生活在流窜的劫匪和底层游民的威胁中间；有的时候，我不得不从满地横陈的尸首中间穿过，尸首中有我熟悉的人。但是在那些年里，尽管我曾置身于各种艰难的考验，但是我的内心深处却异常地平静。这既不是说，在危机四伏、悲剧连连的生活险境里我并不害怕，也不能说自

1　马洛伊的妻子罗拉于1939年2月28日生下他们的儿子克里斯托夫·盖佐·伽博尔，但几周后婴儿因血友病去世。马洛伊深受打击，几个月沉默不语。后来他写了一首诗《一个婴儿之死》表达哀思。

2　指布达佩斯围城战，二战后期，苏军于1944年10月29日对布达佩斯发起猛烈攻击，迫使匈牙利退出战争，至1945年2月13日守军投降。德国、匈牙利、苏联三方伤亡惨重。

己非常"勇敢"——关于"勇敢",我获得了某种类似于"睿智"的生活经验,但总的来说,近似于真正的法兰西人对于"勇气"的理解,他们认为士兵的勇敢是一种"冲锋向前"——可以肯定的是,我在生活中所经历的一切,并不像我过去想象得那样会如此之深地触及自己的内心,总能够保持一段距离,即使痛苦也不发自心底。在那些年里,我几乎丧失了所有的一切,所有过去曾赋予我的生活以内容、框架和意义的东西:我的大多数熟人,大多数朋友,我的生活方式,我的工作单位,我失去了自己的家和工作的意义,最终还失去了我的祖国。当我写这本书时,我在钱夹里保存着唯一的一份官方文件,在我姓名的后面有这样一句注释:"无国籍者",也就是说,我没有国籍。对我来说,这所有的丧失都没有我将死去的幼子放入坟墓时感受到的痛苦那样彻骨,因为那种痛苦的记忆将后来发生的一切都冲淡了。在接下来的几年里,我虽然愤怒、憎恨、惊恐、悲悯,但并没有感到精神上的痛苦。在前线战场上发生的一切,以及人们在后方的相互敌对,无论出于邪恶,还是出于人性,一切全都合乎逻辑。但是一个孩子的死亡,永远都不可能"合乎逻辑"。这一点,我直到现在都无法"理解"。

我埋葬了孩子，等待战争，继续过自己从前的生活。我写了几本书，并在自己的生活里尝试人类的激情，离开几周，离开家乡，到世界上走走看看：就在战争爆发前不久，我驾驶一辆小汽车走遍了意大利半岛，将意大利的湖泊、维罗纳碧蓝如镜的天空纳入记忆。等我回到家时，希特勒声嘶力竭的嗓音在喇叭里响起，纳粹军队沿着波兰边境开进，几周之后与苏联军队会合，德国和苏联议员们在波兰领土上郑重其事地握手。战争就在眼前发生，真实得无可置疑，然而在那四年半里，我们仍在一个逐渐扩大边境的国家里过着一种和平的生活。当然，这不再是真正的和平；街道上漆黑一片，匈牙利对苏联宣战，对英国宣战，对美国宣战，几十万匈牙利犹太人被作为劳工抓走，送进劳动营。在沃罗涅日[1]前线，匈牙利国防军溃不成军，损失惨重，二十万步兵及其军官战死或被俘；但是即便如此，直到1944年3月19日前，全国人民还是享受了四年半的和平生活。人们乐观

---

1 沃罗涅日，苏联沃罗涅日州首府，位于顿河的支流沃罗涅日河上。1943年初，苏德战争中沃罗涅日方面军和布良斯克方面军在那里发起著名的沃罗涅日-卡斯托尔诺耶战役，德国和匈牙利军队全线溃败，苏联军队收复沃罗涅日州和库尔斯克州大片地区。

地认为，匈牙利是一座与世无争的"孤岛"，其存在本身就像是龙卷风平静的核心：四周是惊骇的暴风雨，但中心却静如止水……还有人传言，匈牙利与苏联和英国达成了秘密协议；这些大国清楚地知道，匈牙利政府只是在德国的威逼下才被迫出兵，对盟军宣战也完全迫于纳粹的压力，因此不被视为"真正的宣战"，所以才没有轰炸匈牙利的城市。的确，四年里整个欧洲大陆和近东地区都被战争席卷，英国人却没向匈牙利投下一枚炸弹。在这期间，苏联总共也只对布达佩斯进行了两次空袭，而且都没有造成太大的伤害。我们完全沉陷于战争的道德泥潭中，但从表面上看始终歌舞升平；从这里经过的、保持中立的外国人惊诧地赞叹：布达佩斯是一座"和平的岛屿"。事实上，我们并不是生活在一座岛屿上，而是生活在一片已经烧沸了的沼泽里，沼泽下的火山马上就要喷发。当深埋于地心的火力终于喷发，这座"岛屿"便不复存在，鼎沸的沼泽将把包括白鹭、蟾蜍、滴虫在内的所有生灵全部吞噬到血腥肮脏、骤然喷涌的岩浆里。

乐观的无知令人匪夷所思，我们躲藏在自欺欺人的希望里。波兰遭到了德国人和苏联人铁蹄的践踏，随后挪威、比利时、荷兰、法国也纷纷沦陷，德军攻到了敦刻尔兴，丘吉尔发表了著名的演讲[1]，他激励英国人要不惜"流血，流泪，承受痛苦……"而我们仍事不关己地生活在匈牙利，好像战争与我们毫无干系。我们继续过我们的社交生活，夜夜歌舞，商店里的货物琳琅满目，能够满足顾客们的各种品位，媒体想方设法地、"丰富多彩"地向读者报道关于战争的恐怖新闻。在那段时间里，我不再为报刊撰写政论文章，因为原本宽松的新闻自由每个月都开始变得愈加紧缩，受到近乎荒唐的苛刻限制，制定了各种条条框框。新闻审查无所不及，后来用专横的语调粗暴地干涉各种观点。审查员通常自己都不清楚想要干什么。在战争开始的那几年，匈牙利官员非常惧怕德国人，但同时也害怕苏联人和英国人，因此他们试图保持表面上的中立，尽量不站在任何一方。

事实上，他们不可能中立，不可能不跟任何一方结盟，最终他们投靠了德国，一切都听从德国人的指令，

1　丘吉尔出任英国首相后，于1940年5月13日发表第一次演讲，他在演讲中说："我能向你们做出的承诺没有别的，只有鲜血、奋战、汗水和泪水……"

将小麦、油脂、铁都提供给了德国人，后来送去了犹太劳工和匈牙利国防军，最后将整个国家都卷进了德国战争的疯狂旋涡。他们必须用"客观"的音调在每日新闻里报道所发生的事件，使读者们相信德国人的武器所向披靡，德国最终必胜。在位于布达的总理府里，内阁首脑像走马灯似的接连更换，但我们虚伪地活着，显现出一副不谙世故的幼稚表情，仿佛我们与战争没有任何关联。在那几年里，我不再写政论文章，只为报纸杂志撰写各种各样的随笔，写小说，在城堡林荫道上散步，思考着人类命运和文学的未来。周围的世界在燃烧，但是那些彼此以你相称、态度友善的绅士们和贵妇们每天早晨依然如旧地在城堡林荫道上散步、聊天。有一天早晨，在散步的人中缺少了泰莱吉·帕尔。希特勒很少跟他会面。这位身材瘦小、带一副圆眼镜、相貌特别的男人是圣塞克[1]伯爵。那天上午，这位匈牙利总理没出来散步，因为前一天深夜他在总理府内的卧室里饮弹自杀[2]。原因

1　圣塞克，位于今日罗马尼亚境内的特兰西瓦尼亚，历史上曾为匈牙利王国领土。

2　匈牙利总理泰莱吉·帕尔（1879—1941）因反对德军出兵南斯拉夫而开枪自杀，尸体于1941年4月3日早晨被发现。

是，泰莱吉在前一天下午得知，德国军队在既没征求匈牙利政府意见，更未获得匈方同意的情况下侵犯了匈牙利的国家主权，公然跨过匈牙利边境，开着坦克沿着多瑙河扑向贝尔格莱德，试图摧毁南斯拉夫。就在几个小时前，泰莱吉还获知他深爱的妻子[1]身患绝症。听到这两个消息后，他在疗养院与妻子告别，上山回到布达城堡，将自己反锁在总理府邸的房间内，在头部开枪自杀，当即身亡。

第二天早晨，那些仁慈的、令人敬重的绅士们惊闻泰莱吉伯爵去世的噩耗，焦虑不安地在城堡林荫道上散了一会儿步。有人指责泰莱吉自杀是"逃避责任"。还有人认为，泰莱吉以身殉职是匈牙利政府和社会反抗德国纳粹主义的有力证明，匈牙利民族可以拿他悲惨的死亡解释自己的无奈，这将成为匈牙利和平使者的王牌。事实则是：泰莱吉确实是一位杰出的匈牙利人，他对德军侵犯匈牙利主权感到极其愤慨，并且清楚地预见到德军行动的严重后果。另外，他本人患有严重的神经官能症，是一位躁郁症患者，有严重的自杀倾向，在他家族的前

---

1 比森根-尼潘伯格·尤汉娜女伯爵（1889—1942），泰莱吉·帕尔伯爵的妻子，于1942年7月病逝。

辈中，曾多次发生过类似的悲剧。德军入侵边境和妻子身患绝症，这两个不祥的消息将手枪递到了他的手中。后来，在莫斯科的停战谈判和后来的巴黎和谈上，同盟国清算了匈牙利过去的罪责，但是谁都没有提起过泰莱吉之死。总之，人们只是继续在城堡区或其他地方散步，从报纸上阅读德军必胜的消息，而对另一方的胜利消息视而不见，小心翼翼地翻过报纸，故意回避负面的新闻。在那个时候，审查制度已经变本加厉，但是，即使匈牙利记者忘记了写该写的新闻，与之相应，匈牙利百姓已经学会了怎么阅读报纸。报刊的面孔和声音在那几年里已经变得令人难以置信，面目全非。匈牙利媒体有着悠久而纯洁的历史，在和平时代曾经发展到很高的水平。时事评论、观点争鸣、公众教育和媒体过去一直担负着这样的社会功能；除了专报花边新闻的小报和报道奇闻逸事、文化娱乐的时尚报纸之外，国内的大部分读者群还是更愿意读内容严肃、有教育意义的匈牙利传统报纸，比如《佩斯新闻报》。

抱着真诚的态度，表态前深思熟虑，叼着烟斗畅谈全球大事，用点头的睿智做理性的辩论，这种新闻写作方式作为十九世纪匈牙利文学的遗产保留到了报纸上，在那个年代的匈牙利读者群中得到了广泛的回响；有几份报纸保持了传播道理、培养品德等教育义务的传统，以及品性高贵的辩论规则；这些日报更类似于老派的英国报纸，而不是新派的法国和美国的报纸。但是，从纳粹德国入侵领土的那一刻起，匈牙利右翼的势力范围得到了扩大，具有煽动性的声音开始在匈牙利的新闻报道中病态地散播，压制了所有具有品位的、保持客观性的、较为高尚的辩论声。

在纳粹主义怂恿下出笼的各种邪恶叫嚣在各种日报和杂志中泛滥成灾，政府对这些疯狂蔓延、带刺带毒的野荨麻也只能无可奈何地忍受。纳粹分子们用从德国人那里得到的资助收买这些媒体，甚至提供直接的帮助；假如那些受雇于人的匈牙利写手想要获得资助的话，他们没必要再去维也纳：从德国大使馆设在布达山上的"蜂巢"里派出的无数奸细，早已渗透进匈牙利人生活的每个角落，他们极尽鼓动、收买之能事，其目的就是为了传播大德意志帝国主义和纳粹思想，为轴心国做战争宣传，以鼓舞那些并不太知情、揣着贪婪野心，并且始终热情不减的匈牙利援军的士气。大约在德奥合并的两年后，匈牙利报刊的良好传统已然消失殆尽，变得面目全非。那些由刚刚安插进去、听从纳粹指使的奸细们编辑与撰写的新闻，那些让毫不知情、误以为德国人肯定会取得战争胜利的匈牙利读者们热烈抢购的报纸，早已不再恪守任何道德方面的人类共识，不再看重家族的声望，不再尊重人性的尊严，只有大言不惭的谎言和不容辩驳的诽谤——对于个别正直的记者所做出的客观报道，他们会用"6号字体"[1]、用法院的判决予以批驳，会用头版头条的大标题进行诽谤，甚至发起一系列致命的攻击以将真理扼杀于襁褓！——报刊变成了一种威胁人的性命的武器。

在那些受雇之人撰写的、充满了谴责和谎言的诽谤背后，有秘密警察做后盾，这只铁拳高高地举着，随时准备砸向每个遭到这些媒体公开举报的人头上，因为从"基督教-民族"的角度看，某某作家的作品是有害的，不宜传播。最初，秘密警察是控制舆论的主要力量——它甚至要比当局还更危险可怕——后来，随着时间的流逝，对德国纳粹和匈牙利的同僚们来说，世界局势也变得严峻，当局、军队和行政管理部门也都急忙火燎地出手相助。没过多久，所有成为媒体攻击靶子的人，全都遭到

1　"6号字体"是报刊印刷使用的最小号字体。

残酷的围猎，无处可逃。

从谎言、谴责、侮辱人格的——有如猎手向隐藏的猎物发出呼叫的——声音里，人们可以确定无疑地听出两种声音。毫无疑问，其中一个声音是反犹太人的战斗呐喊；另一个声音则是提高嗓门大声宣布，匈牙利现在已经跟纳粹德国生死相系，必须站在德国国家社会主义的立场上，否则将在欧洲大陆丧失自己的立足之地。在大德意志帝国的生活空间里，只有在我们无条件地绝对顺从于德国，听话地遵从他们德国国家社会主义的世界观时，他们才可能容忍我们这个原本来自亚洲的小民族。假如我们不这么做，那么我们必将失败，所有的报刊上都这么讲：因为德国人一旦赢得了这场战争——在当时，只有那些已为自我牺牲做好了准备的勇敢者才敢拒绝这一机会！——在大德意志帝国的生活空间里，只有顺从、听话的匈牙利才可能得到生存的空间；但是，假如德国人输掉这场战争，那么苏联人将会摧毁这个国家。事实上，正像命运最终展现给我们的那样，不要说保护匈牙利了，德国人自己都未能逃脱失败的命运，他们不但没能保护我们免受苏联人的占领，而且还为了保证德国战争机器的运转、德国战争计划的实现及大德意志帝国目标的达到，最终牺牲了匈牙利的利益。

在匈牙利新闻界，在国会大厦里，在公共生活中，总会出现几位令人尊敬的勇敢者，他们即便置身于媒体的威胁之下，仍敢发出声音表达他们爱国的恐惧！但是所有这些意识到了民族危机的人，最终还是感到无能为力，他们的声音被淹没在了纳粹报刊对犹太人、苏联人、西方和东方人、苏联人、英国人和美国人的恶毒咒骂与侮辱的喧嚣中。那些被收买的媒体会对所有那些拥有犹太人血统或具有西方精神，或——仅仅因为——没有无条件地笃信德国和匈牙利纳粹主义思想的人百般羞辱，而对所有那些相信德国人必胜、德国国家社会主义必胜的人则极力赞颂：在那些年的匈牙利，这就是右翼报刊的主旋律。在匈牙利社会并不缺少回声。匈牙利的中产阶级总有一个较大的群体，他们生性贪婪，喜欢剥削和压榨，匈牙利人出于对苏联政府的恐惧，因而对德国人更有好感。在匈牙利已经定居了许多世纪的施瓦本人，尤其是他们中勤勉、老实的市民阶层，都对大德意志帝国的汹涌海潮感到秘而不宣的兴奋。在"一个民族，一个帝国！"[1]的口号下，施瓦本人暗自激动地觊觎匈牙利的土地。

---

1 纳粹德国的政治口号，原文是："一个民族，一个帝国，一个元首！"

这些施瓦本人已经在多瑙河盆地跟匈牙利人同生活、共命运了几百年之久。他们很勤劳，过着清教徒式的生活，通过他们认真的工作态度赢得了当地人的信任。讲德语的少数民族在他们的日常生活和学校里保留下了他们的母语和德国人的生活习惯。但是现在，这些施瓦本人突然挺起了胸脯：他们在各地成立了"匈牙利德国人民协会"[1]。

当地这些德裔的施瓦本人，感觉自己在匈牙利社会里是一个特殊、独立的生命群体。他们拥有自己的新闻媒体，有匈语报纸和德语报纸，不出一个星期，就出现了几十则新闻，报道在布达一带或多瑙河西部地区的施瓦本人举家放弃当年为了融入匈牙利民族而取的匈牙利化姓名，经过内务部的同意，重新使用过去的德国名字。在那段时间里，大多数的施瓦本人丧失了他们的心理平衡：听到从柏林传来的捕鼠能手的魔笛声[2]，他们立即将目

1　"匈牙利德国人民协会"，是1938年在匈牙利成立的德裔少数民族组织，曾在匈牙利扮演"第三帝国代表"的角色。

2　汉姆林的吹笛手，源于德国的民间故事，传说在13世纪末，德国有一个名叫汉姆林的村子，那里鼠满为患。某天来了一个外地人，自称是捕鼠能手，村民向他许诺，如果能除去鼠患的话会付给他重酬。于是他吹起笛子，鼠群闻声随至威悉河而淹死。事成后，村民违反诺言不付酬劳，吹笛人生气地走了。几周后，正当村民在教堂集会时，吹笛人回来吹起笛子，村里的孩子们闻声随行，结果被诱到山洞内活活困死。

光投向了大德意志帝国。他们最先只是把名字改回到德国名字，相信希特勒肯定会把胜利之神从捷克带到匈牙利；让这个有着千年历史的国家在大德意志帝国的麾下充当某种"被保护国"。正因如此，他们极力证明自己的德裔身份，许多人否认匈牙利是自己的故乡。

就在那段时间里——在战争爆发后的那几年——我看到这些令人惊愕的异化现象[1]，我决定将来正式使用我的匈牙利名字。我向内务部负责姓名匈牙利化的事务科提出申请，将我原本的德国姓氏改为我家族获赐的匈牙利贵族姓氏，从那之后我正式使用我的匈牙利名字[2]，事实上在之前的几十年里，我始终将这个匈牙利名字作为笔名使用。在施瓦本人争相"异化"，即"去匈牙利化"的大潮里，在德国政治和军事上的所向披靡令生活在多瑙河诸国的德裔少数民族欣欣鼓舞的日子里，有一天，我将

1　这里的"异化"指匈牙利的施瓦本人试图"去匈牙利化"。

2　作者原来的家姓是"格罗施密德"，其祖先是15世纪移民到匈牙利的德国人。1790年，兼任匈牙利国王的神圣罗马帝国皇帝利奥波德二世（1747—1792）赐给他们家族两个贵族姓氏："马洛伊"和"拉德瓦尼"。很长时间，作家使用"马洛伊·山多尔"作为笔名，但官方文件上仍用原来的德国家姓"格罗施密德"。1939年，他正式将家姓改为"马洛伊"，将自己的姓名正式匈牙利化，表示他永远将匈牙利视为自己的祖国。

自己的所有身份证件收集到一起，去了设在布达城堡内的匈牙利内务部"姓名匈牙利化事务科"。在那里，我向科主任递交了申请。随后在办公室里发生的一幕令人惊诧，简直不可思议。这位科主任有两个姓氏——"姓名匈牙利化事务科"的负责官员自己居然保留着原来的德国姓氏，在德国姓氏之后带着新的匈牙利姓名！——他听我说明了来意，然后耸了耸肩膀，问道："请问，以后您会不会为放弃自己很棒的德国姓氏而感到后悔？"在1939年，在匈牙利内务部"姓名匈牙利化事务科"的办公室里，负责官员居然会问出这样的问题。听到这句问话，我瞠目结舌。我回答说，我是一位匈牙利作家，我的祖先是在三百年前移民到这个国家的，他们娶的都是匈牙利妻子，并从国王那里获赐了匈牙利的贵族姓氏，因此，现在我有责任在民族的生存受到威胁的重要关头向所有匈牙利公民证明我对匈牙利的忠诚，所以我要通过官方的形式证实我站在匈牙利人这边。他嗤之一笑，耸了耸肩膀，用充满狐疑的眼神看着我，好像还是不完全理解我的意图，他根本就不相信我说的话。几个星期后，我接到官方的正式通知，说内务部已经接受了我将名字匈牙利化的请求。这一亲身经历也让我确切地相信，匈牙利民族的生存已经陷入了巨大危险之中。

纳粹主义的意识形态、大德意志帝国的诱惑和反犹太主义思想全都声音嘹亮，全都站在憎恨日益加深的战斗呼声一边，在那些年里，匈牙利的新闻媒体趋于一致，发出的都是同一类声音。在由纳粹分子及其德国同僚出钱收买的文化爪牙们编辑、撰写并拥有广大读者群的报刊里，他们开始对市民社会的生活方式、市民主义世界观和市民阶层的文化进行严厉指责。他们同时利用种族的仇恨和血统自豪对社会阶层进行划分。这个过程只有从"历史的角度"才能够真正理解：纳粹首先从犹太人开始，事实上，在这个国家里任何一个"外族人"都没有地位；十年之后，革命党奉行的政策则是，无论是谁，只要你属于"其他阶级"，只要你的出身不是农民或工人，也就是说，只要你的家庭不是亲手种田或在工厂里做工的，那么你在这个国家里就会失去很多……这个过程也有其不容置疑的逻辑，是冷酷现实的注定结果。德国国家社会主义拥护者、匈牙利语周刊、日报及其记者们开始对"犹太市民阶层"发起了攻击，而十年之后，一些匈牙利语报刊并没有发生任何的变化，几乎一字不差地再度发起攻击，区别仅是——并非所有的时候——省掉了"犹太"这个形容词，只留下"市民阶层"。在匈牙利纳粹媒体着力编辑的新闻周刊里，在明枪明箭、以"反市民主义"为己任的专业杂志里开始攻击跟市民阶层有关的所有事和所有人——不仅针对犹太市民阶层——他们攻击所有属于市民阶层、以市民阶层的生活方式生活、在市民主义文化思想的土壤里成长起来的人。起初，他们使用挖苦、奚落、贬损的腔调，不久之后，他们的口吻变得"专业"，在许多"科学"和"历史"观点的帮助下试图证明：无论从制度、生活方式，还是从精神思想方面讲，市民阶层都已经过气，已经落后于时代。他们所举出的历史和精神史的证据都含糊不清，道理不明，所以他们会虚晃一枪后迅速转向个人攻击。他们试图表明，市民阶层已彻底丧失了生存能力，因为大资本家X将他所有的时间都花在了股票和"放高利贷"上；因为大资本家Y的夫人每天上午都泡在美容院里，将所有精力都花在孤芳自赏和奢侈购物上；作家Z的长篇小说，以及其他持有市民主义思想观点的艺术家和学者的作品可能毫无价值，因为作者或创作者都是"当地"市民阶层的后代。他们以这些人为靶子，用陶片放逐制[1]的手段引导报刊的读

1　陶片放逐制是由雅典政治家克里斯提尼在公元前510年创立的一种政治制度。雅典人民可以通过用瓦片或贝壳公投的方式强行驱逐可能对雅典城邦的民主制度有威胁的政治人物。

者们。当民众有权用再简单不过的投票法，无须证实地对某人提出通常预先拟好、极易引发公愤、类似"反民主"或"反人民"的指控时，其结果是，他们会马上把被指控者的名字写到瓦片上——或转动报纸印刷机的油墨辊——无须经过法官的审判就将那人投进监狱，将他逼到难以在社会、经济中立足的死角里或予以放逐：民众非常喜欢行使这种权利，因为这种看似与个人无关、无须负责的游戏可以极大地满足民众拥有权力、参与政治的幻觉，可以让他们享受并无真正权力的、匿名的欣快感……这种游戏可以玩很长一段时间；在我们国家里，伪装成"右翼"的报纸、杂志和各种协会从十年前就开始了这类游戏，因为他们并不敢公开地说出心里话：在他们看来，市民阶层的真正罪孽是拥有他们想要剥夺并据为己有的财富——想来，纳粹分子"尊重私有财产"，只是不尊重拥有这些私有财产的人！——他们将市民主义的"世界观"打入冷宫，留给了后来者，让他们去了结这些指控。当然对他们来说，"犹太市民阶层"属于例外；他们不仅毫无顾忌地攻击"犹太市民阶层"的精神，而且还能通过陶片放逐制立即剥夺他们的财产乃至性命。这场任何一个社会都不可能忍受太久的堂皇游戏，就在希特勒开进维也纳并如愿以偿地玩完了这场"兔子布朗"游戏的那一天在匈牙利右翼媒体的报刊上开始了，直到后来消灭了市民社会。在这场游戏里，自然没有中场休息；一个民族采取陶片放逐制的手段慢慢进行更替。

这些攻击，这场从不歇止的、虽不让人嗅到战争气氛，但却由此引发并进一步散播的"反市民主义"的公众情绪，这种成为常态的"反市民主义"潮流在过去的十年里不仅成为可能，而且迫使我努力面对所有的后果：我这个招人憎恶的市民到底是谁？是个什么东西？在这个新的——用时髦的话讲，在这个"芸芸众生"——的社会里，我是否还能扮演什么样的角色？还是仅能在属于那个阶级的时代下苟活并扮演一个幸存者的角色？此时此刻，当市民主义制度必须连同它所有的附属物、它的精神思想、它的生活方式一起退出历史舞台时，其命运就像连同贵族制度一起下台的贵族阶层一样，没过多久，革命党人紧随其后，以迅雷不及掩耳之势改朝换代，他们不仅要求市民阶层退场，而且要求革命者也退出历史舞台，因为他们都已经落后于时代，他们必须让位于"新人"。

在过去十年里，这个问题带着震耳欲聋的噪声不绝于耳，我知道，它对于这个时代的孩子们来说——从出身和年龄上讲我属于这个群体——是一个非常重要的考试题！在我看来，这个问题首先听起来是虚假的，因为最初遭到"广受大众喜爱的"右翼媒体猛烈抨击的"市民主义"，以及后来被革命党人彻底消灭的"市民主义"，根本不同于我降生其中，并在它的生活方式和精神世界里成长起来的那种市民主义。那些想要消灭市民主义的法西斯媒体，以及那些在政治、经济领域充满乌托邦精神的自由职业者们，通常采取讽刺的手法这样勾勒市民阶层的人物形象：肥胖的男人，手戴戒指，他的妻子爱读海德维希·考特斯-马勒[1]的小说。讽刺小报用戒指、身上的肥肉、考特斯-马勒阅读品位刻画出的这些市民形象，像寄生虫一样靠着别人的血汗过自己舒适的生活，比如说，无情的房主向穷人、劳动者收取房租。想来，尤其是在大城市里，有不少这样的布尔乔亚市民，因此要想画出或写出这类煽动性很强的漫画或文字并不是一件困难的事情……但是，对于像我这样出生于匈牙利费尔维

1　海德维希·考特斯-马勒（1867—1950），德国女小说家，以写爱情畅销书出名，很受女性读者喜爱。她的作品有一个固定的套路：一对情人战胜重重阻力，克服阶级差异，最后终成眷属。

迪克地区的人来说，我属于城市资产阶级，是在市民主义文化熏陶下长大的市民家族的后代，即便是一位褪色、扭曲了的市民主义者，但始终怀着一个谦逊的英雄主义理想。在我所继承的市民主义精神里，将"市民主义者"视为自由的捍卫者，认为"市民主义者"是人类与社会进步的先锋。据我所知，在现实生活里，这个角色在社会巨大的经济转型过程中已经发生了变化，而且经常被扭曲。法国的"大资产阶级"很少提起那个把法国人的扩张野心带到北美劳伦茨河流域的"开拓者"卡蒂埃[1]，就像在法国腹地的乡村教区不会传播在密西西比河上游和渥太华河洪水中殉难的那两位耶稣会传教士的宗教精神，伽尼尔与梅纳德，他俩手拿祈祷书，划着牛皮筏在休伦人、易洛魁人、阿尔冈昆人的随行下去发现新大陆和新种族。伟大哀歌的歌手们在这十年里开始埋葬市民阶层，仿佛从来就没有听说过这个阶层人的存在，仿佛从来就没有听说过在 1620 年，那艘以"五月花"[2]命

---

1 卡蒂埃，即雅克·卡蒂埃（1491—1557），法国探险家、航海家。他在法国国王弗朗索瓦一世的资助下进行了三次航行，虽然未能开辟通往东方的西北航道，但成功地为欧洲人开启了加拿大的大门。他于 1534—1535 年发现了贝尔岛和圣劳伦斯河。
2 即"五月花号"，是英国第一艘运载清教徒移民到北美洲的船只。

名的帆船不仅将后来市民阶层里腰缠万贯的附庸风雅者们的祖先运到了美洲，而且还运去了更多别的东西；运去了清教徒，这些市民阶层的人拎着斧头，吼唱着赞美诗去森林里伐木，他们在那里播种下了什么，时至今日，无论在华尔街人的世界，还是之外的世界，他们播下的种子对"新世界"来说都意义深远：一个市民化了先锋群体坚信，在人类世界里存在道德与进步。

人们蒙着各种面具，从各个角落向市民阶层发起了公开的攻击：似乎市民阶层的人全都是资本制度的获利者和保护者。很有可能，这些攻击者对欧洲市民社会的形成、市民世界的组成毫不了解，对市民思想、人文主义和文艺复兴都闻所未闻。仿佛在中世纪到新时代的伟大人物中间，根本就没有市民主义者的位置，仿佛在教皇们和皇帝们挤作一团、混乱无序的蜡像馆里，除了亚西西的圣方济各[1]、圣托马斯·阿奎纳[2]、但丁、米开朗琪罗和拉斐尔这些超人的面孔之外，征服者都不会瞥我们

1　亚西西的圣方济各（1182—1226），方济各会创办者，著名苦行僧，是动物、天主教教会运动、自然环境及美国旧金山的守护神。

2　圣托马斯·阿奎纳（约1225—1274），欧洲中世纪经院派哲学家和神学家。他是自然神学最早的提倡者之一，也是托马斯学派的创立者，代表作《神学大全》。

一眼，他们只会看到那些特殊的市民主义者面孔，如马可·波罗、哥伦布、瓦斯科·达伽马[1]、迭戈·德·阿尔马格罗[2]和弗朗西斯科·皮萨罗[3]，这些人打着基督教的名义去远方探险，掠夺黄金，但也最终开启了一个伟大的市民主义历险过程，这个过程逐渐完善了人类关于世界的认知，将来有一天，在未来的日子里，也许能够建立起一个"世界国家"……无论如何，我们都不能将那些短视的、梦想回到维多利亚时代、手捧狄更斯小说渴望得到西印度公司股票分红的英国小市民跟那些在十八世纪国会斗争中迫使皮特首相[4]以宪法为武器为国会夺得国王手中的最后权力的英国市民领袖相提并论——此前，他曾指责罗伯特·沃波尔[5]以贪污腐败为代价执掌国会，并

---

1 瓦斯科·达伽马（1460—1524），葡萄牙探险家，历史上第一位从欧洲航海到印度的人，该航线绕过地中海沿岸及危险的阿拉伯半岛，为日后葡萄牙对外殖民扩张铺平道路。

2 迭戈·德·阿尔马格罗（1479—1538），西班牙在南美洲的早期殖民者之一。

3 弗朗西斯科·皮萨罗（1471—1541），西班牙早期殖民者，开启了西班牙征服南美洲的时代，也是现代秘鲁首都利马的建立者，曾任秘鲁总督和政府总理。

4 皮特首相，即小威廉·皮特（1759—1806），英国历史上最伟大的首相之一，将英国和平过渡到新时期。

5 罗伯特·沃波尔（1676—1745），英国辉格党政治家，尽管当时政府里并未设立"首相"官职，但还是被称作"英国历史上第一位首相"。

从其手中夺过议会领导权，与此同时，"市民主义"的英国从法国人手里夺过了主宰世界的权力……或许对于英国来说，十八世纪的真正意义正在于此，即便滑铁卢战疫结束了这一过程，即便当时还存在着活跃的贩卖奴隶的贸易，即便当时有人不无夸张地指责利物浦是英国市民"在黑人的头骨上建成的"。那些在"新时代"将刀刃横在市民阶层脖子上的家伙们，当然不想知道在整个欧洲大陆，是英国的市民主义者结束了旧的社会体制，为了争取个人权利，他们先与独裁者较量，后与国家强权抗争，在那场伟大的、基本避免了社会动荡的大革命中他们始终勇敢地站在最前沿。

然而在那些年里，这一切都是不宜谈论的话题。反叛的底层民众否定他们伟大的祖先，否定那些有文化、有教养的城市建设者——欧洲市民阶层。毫无疑问，这些伟大祖先的后代们已经很少能再让人联想到那些杰出的榜样，就像今天一个住在卢瓦尔河畔某座庄园里埋天怨地、奚落共和国体制的法兰西贵族很难再让人联想到圣路易[1]那样。但即便如此，即便这个社会阶层已经变得

---

1 圣路易，即法兰西卡佩王朝的国王路易九世，他是一位大刀阔斧的改革者，试图在王国内实现公平。

扭曲与畸形，在欧洲和美国仍然存在许多开明的市民主义者，即便在那几十年里，仍然存在市民主义世界观，市民阶层仍然负有使命和可扮演的角色。似乎在当代革命运动的领导者们看来，跟那些他们试图推翻其权力和经济体制的资本家们相比，市民阶层所扮演的角色才是他们真正的敌人：当代右翼和左翼革命者的领导人都清楚地知道，自己一旦上台掌权，可以从什么人的手里强行夺取资产——要么消灭他们，要么逼迫他们顺从——但总会存在一条反抗阵线；这种市民阶层的生命感受，就是市民主义世界观的反抗阵线。

正因如此，他们憎恨我们，无论有意还是无意，其憎恨的程度远远超过了对"剥削人们的资本家"的憎恨和对拥有庞大领地的大贵族的憎恨，他们憎恨市民主义的世界观，与之势不两立。现在到了我必须对自己，对我生存的环境和从属的社会进行全面彻底的省思并正视其后果的时候了：市民主义者尚未完成的历史角色到底是什么？市民阶层的敌人到底有权就什么发起攻击？市民精神的生存能力究竟是什么？对我来说，对一位"市民主义作家"来说，这种省思和自我审视是我在过去十年中做过的最有意义的事。当然，我无法在省思的同时

我本想沉默

回想过去：我无法拿在街角私下换汇的人跟富格尔家族[1]、斯特罗齐家族[2]和彼提家族[3]相比较，因为我提到的这三个家族发展了钱币和金融贸易，是后者将封建主义制度逐渐排挤到历史舞台的边缘，并在手工业的行业协会的基础上建立起世界工业和世界贸易，就像我无法拿街角的烟酒铺老板跟最先将烟草带到欧洲大陆的市民主义者让·尼科特[4]混为一谈一样……我们必须了解这所有的一切，因为按照身为市民主义者——甚至是世界公民——的法兰克福贵族歌德的观点，人们只有了解历史，才可能理解现在。

但是在过去的十年里，那些肆无忌惮地对市民阶层发动攻击的家伙并不想了解历史的过去，自然也不愿客观面对市民阶层在这幅新社会的时代画卷里所能扮演的角色及其重要性。攻击者们既不想探讨市民阶层的价值，也不想与他们达成和解，他们希望的只是：让所有跟"市

1　富格尔家族是15—16世纪德国著名的工商业和银行业家族。

2　斯特罗齐家族是文艺复兴时期意大利佛罗伦萨实力雄厚的银行业家族，美第奇家族的竞争对手。

3　彼提家族是文艺复兴时期佛罗伦萨的银行业家族。

4　让·尼科特（1530—1604），法国外交官和学者，因率先将包括鼻烟叶在内的烟草带到法国而闻名。1559年他作为法国驻葡萄牙大使，以治疗疾病为目的将烟叶寄到法国王后凯瑟琳·德·美第奇的宫邸。

民"或"市民主义"有关的、在这个极其错综复杂的概念下所能找到的一切，连同其价值、罪孽、角色和市民生活方式中已经过时了的东西一起统统见鬼去吧！……这些家伙愤怒地对市民阶层发起了疯狂进攻，不久之后，新建立的人民专政体制无论从世界观上还是在日常政治中，都将市民阶层视为敌人，人们可以感觉到，他们反对的不仅是这个财富分配和生产体系——不仅肤浅笼统、不加区别地将市民主义跟资本主义绑在一起，扣到一顶大帽子下——他们想要消灭的不仅是一个阶层，更是一种精神，一种跟市民阶层的生活态度息息相关的市民精神，或者说公民精神。

在这十年里，"资产阶级"这个概念已经变成了一个受人蔑视的贬义词，在这场"反市民主义"的斗争中，无论你是站在左翼还是右翼的旗帜下，每个人都站在他们的枪口下，他们敌视的不仅是资本主义的生产制度，更是以市民主义自由思想为形式的人本主义意识形态。我必须知道，会有那么一天，恰恰是我，恰恰是遭到蔑视的市民思想将在这个革命的世界里扮演"自己的角色"：我是在人本主义思想的精神世界里长大的，我以人本主义的生活方式生活在它的文化中，对此我永远都不会否认，我清楚地知道我已经继承了它的精神遗产与道德遗产：它是极权制度的代言人们眼中的天敌。人本主义的市民精神成为靶子，在练习射击的过程中，每一种新时代意识形态的新兵们都会接过由政党递到他们手里的机关枪，朝着靶心射一梭子。

我连今天是星期二还是星期五都不知道。我首先必须参加市民阶层的道德课大考。纳粹分子已经向我所在的阶层提出了考题，但是看起来我跟那些与我同呼吸、共命运的同人并没能一起递交出一份很好的答卷。为此我们不得不自食其果，革命党人以我们未能通过道德考试为借口，将整个市民阶层都统统押上了被告席，将所有的罪责都推到我们身上，并证据确凿地以此定罪，做出死刑判决，而后动用了所有社会、经济、意识形态，乃至处决的恐怖手段，开始执行这一终审判决。在这种宿命里，我在亲历了法西斯主义屠杀和大革命之后，孤独地厮守着与我同呼吸、共命运的同人们，以及在新时代遭到致命攻击的思想世界，不得不承担这无可避免、无法预测的全部后果。

我必须找到问题的答案：在欧洲，市民阶层还有没有其应担负的使命？市民主义精神还有没有其自身的价值？我们所有这些生长在东欧——也许不仅仅在匈牙利——的市民阶层中的人，难道真的就这样被合法地判处了死刑吗？我并非出于一时的冲动提出这个问题：在过去痛苦的十年里，这个问题一天天地向我逼近，每时每刻都被放大，日复一日，放大到生活的大小，甚至超越到生活之上。而现在，当我用铅笔把这个问题写到纸上时，我并不敢说反思和经验已经使我获得了最终的"决定性"答案。所有这样的"答案"都只能是自以为是和荒唐可笑的。在过去十年里，关于我的阶层、文化，以及市民阶层人本主义思想领域所发生的一切，都是那般地凄惨和悲凉，那个过程是如此地黑暗，以至于让旁观者都忍不住扭过头去，因为害怕看到事情的结局。即使我还是没有这么做，那也是有原因的：对于市民阶层这个重大的命运问题，我不可能知道"答案"，然而我所亲历的一切，始终激励我要怀揣希望。我相信，市民阶层还有一口气，还没说出他们在人类世界上的最后一句话。我相信，并希望——我预先就已知道，要想证明这一希望是一件多么困难的事。什么会是希望的意义？什么会是希望的理由？身为市民主义者的哈姆雷特总是很荒谬，甚至比那个跟自己幻想出的对手较量的市民代表堂吉诃德还要荒谬许多倍。但是可以肯定的是，在过去十年里，对市民阶层发起攻击的那些人，绝不是像堂吉诃德那样幻想出的对手，而是非常真实的、有血有肉的敌人。我必须看到，东方精神[1]如何抱着明确目的、固执而冷酷的意志对"西方的市民精神"发起进攻；目睹这种野蛮而残酷的战争热情，我不得不提出疑问，不仅向我们的敌人，而且向我自己，也向市民阶层：这场进攻的真正意义究竟是什么？市民阶层到底在哪方面落后于时代？市民阶层真的落伍了吗？有那么一段时间，我不得不反复认真地用客观的态度向自己提出这样的问题，当我认真地思考这些问题时，另一个更可怕的问题跳了出来：对"西方"的市民阶层来说，还有没有他们未完成的任务？我这个人是不是非常滑稽可笑？兜了这么一个大圈子，以这样多的个体牺牲和拼搏为代价，最终只得出这样一个结论：在民众的世界里，崇尚人本主义的市民阶层还拥有他们该扮演的角色。我是不是一个可悲的、堂吉诃德式的市民主义者？难道我寄希望于在朝着——我认为已经无可避免了的——未来社会发展的艰难道路上，人本主义的市民精神能够成为大众先锋，成为新社会的生活方式吗？既然直到现在，我都在市民精神里看到先锋性，那么我们应该

---

1 这里指祖先来自亚洲的匈牙利人所抱的狭隘民族主义思想。

占领一个新的祖国，民众的祖国，我的这种念头是不是很古怪？我们是否能够寄希望于新一代的清教徒和激情洋溢、勇敢无畏的拓荒者能从市民同人中脱颖而出，完成这一使命，就像在市民精神的哺育下诞生的伦巴第和托斯卡纳城市共和国，或莱茵同盟、吕贝克联盟和"五月花号"上的移民们？假如我跟很多人一样，我们相信迟早会有那么一天来临，我们将发现和建设一个新世界，并用我们的生活方式来充实它，这个新世界将是民众的祖国，才是名副其实的理想主义国家，这样的想法是不是错误的？假如一个像我这样的布尔乔亚市民，试图放弃对从本阶层和本民族的祖国所担负的职责而投身到一个对自由做出更大承诺的新世纪的祖国，这是不是一件非常矛盾、拧巴的事情？……市民阶层适不适合对自己和民众实施这种理想主义教育？还是会把这个教育的角色交给革命的代言人？英国、斯堪的纳维亚的社会实践是否足以令人信服？我们是否能够期望崇尚人本主义的市民阶层扮演这一角色，从极权主义者手中夺过权力，担负起建设这一理想社会的责任呢？……假如我这样推想，既然布尔乔亚市民能引领世界从封建主义制度过渡到立宪主义的议会制度，过渡到自由主义和资本主义的生产体系，那么他们的后代、他们留下的精神遗产和人本主义市民精神所扮演的角色也完全可以引领当代民众从资本主义的生活方式过渡到一种完全符合人性的、建立在基督教真正的基本原则之上的西方社会主义，这是不是一种非常可笑的怪诞希望？……当我并非以疑问的方式，而是以陈述的方式说出这些我现在不得不说出来的话时，我并不认为自己有什么错：我坚定地相信，只有资本主义生产制度能跟社会主义制度达成一个符合人性的协议时，才能在这人口拥挤的世界上为个体和集体同时提供某种理想的生活方式。当资本主义生产制度取代了封建主义生产制度，那是一项伟大的人类事业。开始的时候非常糟糕，并不完美——第一代人受到许多的讥讽，总让人感觉到不舒服，我们只需想一下狄更斯的小说！——但是后来新的生产制度引发了社会、知识、经济发展的巨大浪潮，这种高产的浪潮至少为人类的大批繁衍创造了先决条件，比如在预防的疾病、污水的处理、养老保险和医疗保险领域取得的成就。后来有一天，资本主义生产制度变得与超人的创造和广大的民众相对立，两次世界大战和几次打着不同颜色旗帜的革命迫使人们相信，如果没有社会党人的帮助，资本主义生产制度无法对民众的问题给出令人安心的答案。也许，在专业的社会学家眼里，这一切都是白日梦，"资本社会主义"只不过是梦中的马缰。但是不管怎么样，我认为这种希望并不是白日梦：先进的、人本主义的市民精神将会承担起这项未来的重任，将为资本主义和社会主义之间的伟大和解创造条件。英国人的实践增强了这一希望……我在过去的十年里了解到，在人类世界上，唯一真正的勇敢道路始终是遭到极权主义的追随者们所痛恨的"第三条路"。

很自然，就像德国人一样，苏联人也极力剥夺市民阶层扮演社会角色的权利。一个将执政目标订到无限长久、为了实现"无阶级社会"的体制永远不会跟人本主义的市民阶层达成妥协，原因就是，人本主义社会的生产体制既不决定于国家，也不决定于党派和思想，而是取决于人的利益。两种截然不同的世界观之间在经历了六七十年意识形态上的激烈争论之后，两种截然不同的信念很难再达成一个类似结束"三十年战争"的《威斯特伐利亚和约》[1]。我们不可能看得那么远。时间让我们放弃了疑问。在野蛮的战火里，随着岁月的流逝，我们

---

1 三十年战争（1618—1648），是由神圣罗马帝国的内战演变而成的一场大规模战争，以波希米亚人反抗哈布斯堡家族统治开始，最后以哈布斯堡家族战败并签订《威斯特伐利亚和约》而宣告结束。

可以从生活的文本里更加清晰地读到一切，读懂这些问题的真正含义。我曾是一位市民，现在也是，我把眼镜架到鼻梁上，试图借着这燃烧世界的赤红火光一个字母一个字母地读出问题的意义：我有没有生活、工作的权利？我作为一个布尔乔亚市民，在世界上还有没有应该承担的责任？……我从来不抱希望能够确定无疑地回答这个艰涩的问题。但是我们也不希望这样，市民同人，当我们必须不计一切后果地准确措辞并将这个疑问说出后时，世界历史的某个转折点却以某种方式将这一时刻延迟……我知道，在这些年里，并不是我一个人孤独地揣着这些疑问。无论是在匈牙利国内，还是在世界的其他地方，在这革命的十年里，已经成熟了的市民阶层的生活方式和市民社会的人道主义角色的合法性都已变成了巨大的疑问。我不知道该如何回答，但是问题迫在眉睫。我就在这种情况下，在这样的怀疑与希望之间，等待大考的日子来临。

4

那是六月炎热的一天。那天早晨，匈牙利总理在议会大厦里宣布，匈牙利正式对苏联宣战[1]。当晚，我在布达的一家餐馆里与总理办公厅一个部门的负责官员见面。就在那天晚上，匈牙利在这场"古怪的战争"[2]持续了两年之后，在经过了两年无忧无虑、不负责任的和平时期之后，突然将国家带进了黑暗的深渊。我和这位在总理办公厅工作的朋友一起坐在餐厅的花园里，坐在出于防空目的故意保持的异乎寻常、富于戏剧性的昏暗光线里。

就在这种昏暗中，匈牙利的"沃普尔吉斯之夜"[3]开始了，透过这场在我记忆的手电筒光的投射下持续至今的巫女与幽灵的地狱般舞蹈，透过千姿万变、快乐牵手的舞者身影，我看到了一张光彩熠熠的侧脸。这个人，就是今天代表匈牙利人向苏联宣战的那个人——巴尔多希·拉斯洛总理；之后不久，他又向美国和英国宣战。他

1　巴尔多希·拉斯洛（1890—1946），匈牙利总理，他是在泰莱吉·帕尔自杀后接任总理职位的。1941年6月26日，他擅自宣布匈牙利正式对苏联宣战，同年12月11日在德国和意大利的压力下向美国宣战，彻底将匈牙利拖进战火。1946年1月10日作为战犯遭到枪决。

2　原文为法语："drôle de guerre"，意为"古怪的战争"，这一说法流行于二战初期，特指1939年9月3日至1940年5月10日，英国与法国在向德国宣战之后并没有采取实际上的军事行动。

3　这里指歌德《浮士德》中的一个场面，魔鬼将浮士德领进自己的帝国，让他跟自己一起体验这一夜的迷狂。

出生在多瑙河西部的松博特海伊市，家人把他培养成了一位职业外交官，当时担任匈牙利总理。透过那所不久前还血腥、悲惨的匈牙利"环形监狱"[1]，透过这座恐怖的匈牙利"格雷万蜡像馆"[2]，这个人的侧脸显得格外生动清晰。他属于受过良好教育的匈牙利市民阶层的一分子。现在，当我写下他的名字时，他的形象和那一天的记忆重又浮现在我的眼前，就在那天，我真正地认识了这个应该对匈牙利历史上最具悲剧性的一刻负责的人。

我第一次见到他，是在二十年代末的伦敦，当时巴尔多希是匈牙利大使馆的发言人。他骨瘦如柴，苍白得像一位胃病患者，他是一个举止格外优雅的男子——有必要用医生的眼光对历史人物进行检查，找出导致他们做出重大历史决定的胃溃疡病灶——他是一名职业外交官，为了能够胜任这个像工程师或医生一样要求很高的职业，他刻苦学习，自我修炼，完成了一系列的职业实

1　环形监狱，是由英国哲学家、法学家杰里米·本辛（1748—1832）于1785年提出并设计的一种监狱方式。1975年，福柯将环形监狱作为现代纪律社会的隐喻。

2　格雷万蜡像馆，巴黎著名的蜡像馆，创意来自法国著名报刊《高卢日报》的创办人阿赫蒂赫·梅耶（1844—1924），由于漫画家阿尔弗雷德·格雷万（1827—1892）对蜡像馆的建成贡献很大，所以用他的名字命名。

践。在那个年代，匈牙利外交官要经受严格培训，他们不仅要清楚自己在国外是整个国家的形象代表，身份属于"绅士阶层"——当然这是必要的条件——而且还要清楚的是，必须具有很好的语言能力，掌握国际法知识，这是一个复杂、特殊的职业，要在各种特殊的外交场合接受实践考核。巴尔多希·拉斯洛是一位模范生，一位训练有素的外交官。后来，当赤色革命仓促任命的大使们现身国外的匈牙利大使馆时，不仅国际社会和外交领域的同行们为那些外行人的言行举止感到惊愕，就连匈牙利民主的忠实信徒们也感到羞惭。这些人中，有的是二流作家，有的是百货公司的部门负责人或艺术爱好者，他们摇身一变成了外交官，带着塔列朗德[1]式的自信登上国际生活的大舞台，他们似乎并不知道，一个人会穿燕尾服，能够讲一口虽会带一两个动词变格错误、但还算流利的外语，熟悉党派政治，并不等于就能当好以为称职的外交官：他们并不知道，外交是一个特殊的技术职

---

1 塔列朗德，即夏尔·莫里斯·德·塔列朗德-佩里戈尔（1754—1838），法国主教、政治家和外交家，他的职业生涯跨越法国多个王朝时期。"塔列朗德式"是一种玩世不恭、狡猾的外交态度的代名词。

我本想沉默

场，是一个责任重大、要求很高、需要扎实基础的特殊专业。巴尔多希清楚地懂得这一点。

我记得这个人，我曾在伦敦布罗姆普顿路的一家瑞士小饭馆里听演讲并与他交谈。我们一起谈论文学，让我惊讶的是，这个人准确地知道什么是文学。他认为萨默塞特·毛姆差一点就是一位出色的作家，然而他过度谋算作品的效果，所以还不能算是出色的作家；弗吉尼亚·伍尔夫的作品虽然不太容易读，但她是一位很杰出的作家，因为读者能在这位女作家的小说里更多地品味到什么，那就是文学。他对文学的这些看法，让我不由自主地被他吸引。在那之前，我很少能够遇到像他这样的匈牙利官员，他能带着那样的专业自信谈论英国文学。他是一位出色的交谈者，一位思想活跃、态度谦虚、令人信服的辩论者，他从不炫耀自己的博学和智慧，所以我始终对他很感兴趣，想知道他接下去还会讲什么……总之，我是在二十年代的伦敦认识巴尔多希的，让我感到一种令人愉悦的失望：过去在匈牙利的大使馆里，我通常遇到的都是些修养很差、知识平庸的人。几年后，我在布达佩斯又见到过他几次，但是那时候这个人已经变得让我认不出来了。在伦敦，巴尔多希给我留下的印象是，他是一个具有西方精神、在匈牙利人中算得上有民主思想的人。他谴责匈牙利故步自封、僵化不变的阶级统治，不加掩饰地赞同英国社会制度的自由主义精神。

几年后——那时他已是驻外大使——在我们为数极少的几次见面时，我发现他已成为一个公开而坚定的亲纳粹分子。在那段时间里，他的政治生涯卷进了跟他的气质、修养和过去都格格不入的匈牙利极右翼的旋涡，对于他的这种大转身，我至今都找不到合理的解释。从个人情感上讲，我确实感到极其震惊。这个人并不是一个"政治风向标"，他准确地了解世界局势，就在那一天，他代表匈牙利向苏联"宣战"——这个被认为是优秀爱国者的怪人，十分扎实地学习过国际法和匈牙利宪法，竟然不惜以违背匈牙利宪法的具体法规为代价迈出了这致命的一步：就在那一天，国家议会被迫接受"既成的事实"。毫无疑问，这个"既成的事实"决定了匈牙利民族的宿命。巴尔多希应该清楚地知道这一点。然而，他在既没征询国会意见，更没获得国会批准的情况下贸然"宣战"——毫无疑问，这份"战书"是在德国人的命令下宣布的，但是匈牙利民族不得不为巴尔多希的这一个人行为承担所有严重的恶果。我和我的朋友坐在布达山上的一家餐馆里，这个国家在一天之内变成了德国的盟友，放弃了中立国的立场而站到德国人一边，将自身的性命跟德国人的生死紧紧地绑到一起；就在那天晚上，这个被罩在战争可怕的翅膀阴影下的国家突然从两年无忧无虑、不负责任的睡梦中惊醒过来，不得不正视残酷无情的现实。这种惊醒是一种怎样的感受？……可以肯定的是，全国人听到这个消息后都为之震惊。但在这家位于布达的餐馆里——这不是酒馆，是一家档次很高的著名餐馆，住在布达城堡区内、社会地位很高的中产阶层是这里的"常客"，其中有许多政府各部的官员和有名望、有头衔的名流！——这天晚上，我在那里感到心神忐忑，让人联想到死亡大瘟疫造成的惊恐不安。餐桌上，客人们纷纷大声地议论。这个"熟人圈子"里的大部分人都毫无掩饰地大声庆贺这重要的日子。碰杯声不断，有一桌客人还打开了一瓶香槟酒，他们高举酒杯，为"即将取得的胜利"开怀畅饮……酒精在他们兴奋的大脑里加倍生效，滔滔不绝的词语声越来越响，在餐桌上激荡。他们普遍认为，德国军队在匈牙利国防军的配合下所向披靡，正"像刀切黄油似的"插向苏俄的心脏。（在接下来的几个月里，当德军扑向莫斯科时，这种话我听到过很多次。）乐观地打赌，快活地说笑，大堂里人声鼎沸，客人们相信，这种正式联盟是明智的，在德军最高统帅部和中央集团军群的帮助下，在座的这些热血沸腾的同人们也将赶去参加德军及其盟军开进莫斯科之日的隆重盛典，他们的朋友肯定能为他们搞到观礼台的席位……他们这样忘乎所以地大喊大叫。

好像一个社会突然丧失了理智：那是一幅在昏暗的战争硝烟中厉声尖叫的可怕人类的癫狂景象。我和我的朋友默默而焦虑地坐在这片喧嚣声中，听这些家伙胡言乱语，很有可能，是潜意识中的恐惧和焦虑使得他们如此轻狂失态。当时，德军已经因在波兰、南斯拉夫和西方国家实施"闪电战"的成功让全世界人瞠目结舌。匈牙利的公务员、军官，通常被视作"市民阶层"的社会主流都盲目地相信德国武器的绝对优势和其盟军必然的胜利，我焦灼不安地看着他们，并听他们的谵语，这些都是跟我同阶层的人。我心里暗想，有一天我将不得不跟他们一起登上断头台，因为我也无力违背阶层团结的法则，我必须跟这个阶层同命运，我将获得比断头台更严厉的惩罚。即便我怀着这种焦灼的愤懑，但这一认知并没改变，在匈牙利向苏联宣战的那天晚上，在布达的这家餐馆里打开香槟庆祝胜利

　　　　　　　　　　　　我本想沉默

的这些人，并不能代表这个民族：真正的匈牙利民族是由农民、工人和市民阶层中有教养和自我意识的那个群体组成的，他们生存在这些人的背后，生存在不幸的昏暗里，他们不会在这天晚上喝香槟，而是会心情沉重、默默无言、充满恐惧地等待无法逃脱的宿命。但是不知道为什么，总是只有少数人以国家的名义讲话，判定，喝香槟酒，采取行动——他们并不能代表这个民族，而且我不愿将聚在布达这家餐馆里喝酒的这群官员和"绅士"与信奉社会民主主义的工人，与勤苦劳作、默默耕地养家的农民，与有教养有自我意识的、包括费尔维迪克和艾尔代伊地区在内的真正怀有市民主义精神的匈牙利市民阶层混为一谈。但是即便如此，还是他们以这个国家的名义在世界上表态。就在那天早晨，巴尔多希在匈牙利议会代表国家发表了讲话。我不会写道听途说的东西；只会把自己亲身经历并经过验证的消息写进我的自白里。当然，我现在讲述的内容不可能是我直接经历的；但是这些消息都是我从一位可靠的人那里获得的，我没有理由怀疑他话语的真实性。因为巴尔多希已经被处死，他没有办法为自己辩护，因此我有责任认真对待自己写下的每一个词。就在布达佩斯和匈牙利走上不归路的两天之前——准确地说是在1941年6月23

日——莫洛托夫[1]给匈牙利驻莫斯科大使打了一个电话。莫洛托夫讲话的态度非常友好，也非常严肃。他用和蔼的语调——那是一个大国代表跟一个小国代表讲话时通常不会使用的语调——表达了自己深切的担忧和慎重的考虑。他说，根据最新消息，德军将在未来的几个小时内进攻苏联。时任驻莫斯科大使是一位名叫克里斯托菲[2]的老外交官，许多年后他回忆说：二十年后，尽管两国外交关系早已恢复了正常化，他在莫斯科还是遭到了尴尬的冷遇——那次他是作为匈牙利代表团成员前往莫斯科参加两国铁路、邮政、贸易合作协议的签字仪式，以及归还沙皇军队于1848年从匈牙利国防军手中缴获的旗帜的官方活动。此刻，当德国准备进攻苏联之际，他——身为外交人民委员的莫洛托夫——亲自打电话给匈牙利大使，对匈牙利政府提出警告：匈方为了自身的利益应该保持中立，因为苏联政府并不想与匈牙利为敌。

---

1 莫洛托夫，即维亚切斯拉夫·米哈伊洛维奇·莫洛托夫（1890—1986），曾任苏联人民委员会主席、苏联人民委员会第一副主席，兼外交人民委员。

2 克里斯托菲，即克里斯托菲·尤若夫（1890—1969），匈牙利外交官，曾任驻莫斯科大使。就在1941年6月23日莫洛托夫与他通电话后不久，德军向苏联发起进攻，他被召回匈牙利，1943年出任驻哥本哈根大使。

当时，克里斯托菲在电话里这样回答，尽管迫于德国的压力，匈牙利和苏联之间的外交关系不得不中断，但是他相信，匈牙利仍会保持国家的中立。莫洛托夫的态度始终平静而友好，听了他的回答后说，局势如此严重，任何官方的形式都没有意义，只有事实才最重要；他理解匈牙利的处境也很困难，因为来自德国的压力十分巨大，如果只是中断外交关系——之后并不正式宣战，也不参加军事行动——那并不重要。然而就在那天，克里斯托菲已无法再顺利地从莫斯科向外发电报，为了能让他将苏联的态度转告给布达佩斯当局，莫洛托夫向匈牙利大使提供了苏联外交部的"安卡拉直通线路"。一份份电报发了出去，匈牙利大使一字不漏地向政府当局转述了莫洛托夫的严肃警告，建议保持中立的立场。两天后，匈牙利对苏联宣战。克里斯托菲跟家人和使馆人员全部返回家乡后，立刻去巴尔多希总理那里报到，巴尔多希显得紧张不安，虽然话很多，但在长长的二十分钟里，他询问的都是使馆人员回来的情况，而对电报的事情只字未提。二十分钟后，大使直截了当地问："拉斯洛，你收到我发的电报了吗？"巴尔多希毫不迟疑地回答："没有。"之后，他们再没有谈过这件事。述职之后，大使径直去了电报收发室——按照规定，他没有权利这样做——结果证实，那些通过"安卡拉直通线路"发出的、内容为莫洛托夫警告的电报当时全都发到了。由此可见，巴尔多希没有说实话。现在，一切都已经迅速地、"有逻辑地"发生。匈牙利对苏联宣战，加入了战争；德军指挥部将二十万匈牙利国防军部署在沃罗涅日前线，然而那里军备不足，并没有得到德方必要的支持，匈牙利军人在恶劣的气候条件下被丢在那里，遭受了在匈牙利国防军荣耀历史上最可怕的惨败。在乌克兰，大批的匈牙利犹太劳工被饿死，被折磨死；而后匈牙利的城市、乡村也都被丢进了战争的地狱。所有这些都是"有逻辑地"发生的。

那时候，巴尔多希已经不再担任政府总理，这位"市民"政治家和"社会名流"已被卷入了极右翼疯狂的政治风暴。直到生命的最后一刻，他的个人命运都跟纳粹的命运紧紧地绑在一起：当匈牙利战败，巴尔多希跟箭十字党人一起逃亡西方——他的这一举动就跟他对苏宣战一样令人惊讶，由此看来，这个人身上充满了矛盾！——他向瑞士当局申请避难，但是中立国否决了他的避难权。他滞留在奥地利，在那里落入美国占领军之手。作为战犯，美军将巴尔多希和许多同伙一起交给了匈牙利革命党。在人民委员会庭审时，这个人又恢复了内心的镇定：面对那些外行的法官和检察官们时，他的言谈举止从容不迫，实际上是他主导了那场庭审。他辩护的内容主要是：他应为历史负责，但是没有犯罪，因为他当时别无选择。显然，这个"别无选择"跟国家的命运息息相关，我们有必要换一个角度审视巴尔多希的行为：假如在那个悲剧性的六月清晨，部长们和摄政王都坚决反对，拒绝德国人提出的要求，匈牙利不对苏联宣战，那样又将发生什么？对这种事后假设性的问题，人们很难回答。很有可能，德国人出于军事上的需要，他们会撇开巴尔多希，甚至会背着摄政王在布达城堡里扶植一个吉斯林政府[1]，从而迫使匈牙利人正式参战。在这种情况下，匈牙利有可能——很有可能！——要付出巨大的经济代价，才能使数十万匈牙利国防军免于被迫开赴前线，惨遭毁灭；但这只是一个怯懦的假设。也许匈牙利的城市不会被破坏到那样的程度……可这一切只是怯懦的假想。但是不管怎样，在这种假设的情况下，

---

1 1940年4月德国入侵挪威后，扶植了一个由维德孔·吉斯林（1887—1945）任首相的、与纳粹德国进行合作的傀儡政府（1942—1945）。

多少能给匈牙利人留下一些道德的口实：我们并非通过宪法的意志参战，只是屈从于德国的胁迫。但是实际上，这种道德口实也不会改变匈牙利的命运：根据《德黑兰宣言》[1]和《雅尔塔密约》[2]，苏联无论如何都要立足柯尼斯堡、奥地利的恩斯大桥和巴尔干多瑙河的河口，在这个三角地带，由苏联派去的政治委员们肯定会将匈牙利变成一个革命党领导的国家，变成东欧大家庭的一分子，就像他们对捷克斯洛伐克、保加利亚、罗马尼亚和南斯拉夫所做的那样。

即使反抗了德国，保持了无辜，看起来也都不会改变重大的历史进程。当然，现在假设什么都已经晚了，什么都改变不了巴尔多希的责任。在开庭时，他也承认了自己的责任，但是否认自己的罪行，当他被判处死刑时，他没有请求宽恕。他在法庭上的表现十分出色，他以人的尊严和风度维护了他所属阶层的形象。当他被告

---

1 《德黑兰宣言》是苏联、美国、英国三国首脑斯大林、罗斯福和丘吉尔在德黑兰会议（1943年11月28日至12月1日）结束时发表的宣言。
2 《雅尔塔密约》是斯大林、罗斯福和丘吉尔于1945年2月4—11日期间在雅尔塔里瓦几亚宫内举行的一次首脑会议上达成的一项协议，制定了二战后的世界新秩序和大国利益的分配方针，对战后的世界局势影响深远，但当时并没对外公布。

知要被处决时，他只说了一句："谢谢，感谢上帝。"当他被带往刑场并被蒙上眼睛时，他大声高呼："主啊，请将我的祖国从这些混蛋的手里解救出来吧！"当我从一位目击者那里听到这段描述时，我不禁回想起那天晚上，在布达的那家餐馆里，客人们为匈牙利宣战而举起香槟酒杯庆祝，我的那位在部里工作的朋友说，总理办公厅的新闻部门刚刚给各报刊发去一道秘密指令，要求使用总理侧脸的肖像。我不知道这是巴尔多希本人的愿望，还是出于某位热心的同事自己的主意，认为总理的侧脸要比正面肖像更显坚毅。毫无疑问，那些捕捉到巴尔多希侧脸的照片，看上去很像斯特凡·乔治[1]。

5

另一位重要人物是贝特兰·伊什特万，他的身影带着灾难性的肃穆投在历史的防火墙上，就在这堵防火墙前，匈牙利社会曾置身于失败的地位。贝特兰的命运与巴尔多希不同，他的责任也与后者不同。他俩都担任过匈牙

1　斯特凡·安东·乔治（1868—1933），德国诗人、翻译家。

利总理，都肩负过国家的领导重任。但是贝特兰早在德奥合并的十年前就被社会的风暴卷走了，当时他既没有办法，也不想面对那场风暴。

毋庸置疑，在过去的二十五年里，贝特兰·伊什特万是一位遗世孑立、卓尔独行的重要人物，或许也是独一无二的匈牙利政治家。这个人是艾尔代伊大公家族的后裔，他像是一个有眼疾的人，能够清楚地看到远处，但却看不到眼皮底下的东西。从远处看，从历史的角度看，贝特兰以一位政治家精确无误的预感看到了匈牙利的命运；但是他没有看到匈牙利社会发生变革的时机已经成熟。他是一位政治家，一位罕见的、名副其实的政治家，他之所以从政，并非出于偶然的机会，也不是由于历史的权力游戏分配给他的这个角色，而是因为这是他的职业。在政坛上，像贝特兰·伊什特万这样的职业政治家极其少见，可以说是凤毛麟角，政治对他来说是一种职业，就像艺术家或学者那样。在一位真正的政治家体内，存在创造力，就像李斯特只能成为一位音乐家，成为不了别的；而丢勒也干不了别的职业，只能当画家；想来塔列朗德和俾斯麦也别无选择，只能成为政治家。贝特兰·伊什特万是一个相当谦逊的人，但也是一位能够力挽狂澜的职业政治家。

他跟拿破仑一样，也是在革命之后登上舞台，他的职责是要重新建立秩序，不仅要改变革命后留下的混乱、残忍和不公，而且还要让社会取得真正的发展。他凭一己之力出色地完成了他的使命。他缔造了秩序，然而却疏忽了从革命中拯救在社会里已经萌芽的一样东西：匈牙利民主。随后又来了一场革命——1919年的变革及其失败后的一段动荡时期,军帽上插羽毛的"自由军"[1]在匈牙利为非作歹，实行"白色恐怖"——不仅造成了社会混乱和不公正，而且也带来了民主的需求。贝特兰在他任职的十年里治理好了一切，结束了混乱和不公，也阻遏了左翼激进思想的传播，而且还中止了残忍、具有破坏力的右翼"反动派"的叛乱，"巩固"了国家的生产与社会秩序，并且强化了法律制度。但是，他也错过了那个伟大的时刻，错过了本来可以打破封建主义旧制度而将匈牙利领向民主社会生活的最佳时机。他保持了革命前和革命后制度的始终如一：当革命达到了巅峰并朝向无政府主义、恐怖主义转变时，他试图在无政府主义的

---

1 奥匈帝国时期匈牙利国防军的军帽上，在正面的中央竖插一根装饰性的羽毛。

旋涡中遏止革命，平息革命，试图拯救所有那些在革命浪潮中反对旧体制、真正代表发展和进步的力量，想使他们变得人道而有益；与此同时，他阻止来自外部和内部的流亡者获得领导权……然而，能够平息革命的人只能是从革命起步、在革命浪潮中脱颖而出的人。克伦威尔是这样的人。拿破仑也是。贝特兰不是这种人，因为他并非来自革命阵营，而是来自他所属的那个阶层，因此，他带着那个阶层人所有好的和不好的观念、偏见和素养——而且也正因如此，他不明白，也不可能明白，匈牙利社会在 1919 年后不可以拒绝民主的呼声，不可以不顾后果地重新复辟到大领主制社会。

　　毫无疑问，贝特兰不是克伦威尔，更不是拿破仑。另外，在那十年里，他身边缺少一个既能真正地主导革命，也有能力打造团结的人：他身边缺少一位西耶斯神父 [1]……作为一个亲历过许多场革命的人，我有理由也有机会对这样一个假设进行深思，我觉得文学并没有对西

1　西耶斯神父，即埃马纽埃尔-约瑟夫·西耶斯（1748—1836），法国天主教会神父，法国大革命、法兰西执政府和法兰西第一帝国的主要理论家之一。1799 年 11 月 9 日，西耶斯煽动雾月政变，协助拿破仑得到权力。他曾任法兰西督政府督政官和执政府执政官。

耶斯神父的历史形象进行细致入微的描述。事实上，这位《我活了下来》[1]的作者是法国大革命中一个最有趣、最神秘、最特殊的人物，有必要认真地思考一下，除了伟大的暴徒丹东、罗伯斯庇尔等人之外，会不会是他在幕后策划了所有的一切？会不会他才是那场大革命最关键、影响最持久的角色？……最后，又是他把拿破仑将军从国外请回到巴黎，为了能让那些可能得以留下来的、富有生命力的革命成果得到巩固……这位西耶斯神父的伟大功绩在于：他在拿破仑身上找到了那种既能遏止革命，又不会站在反革命的立场上（并不像匈牙利的贝特兰和霍尔蒂）的精神特质，找到了能从革命中选择并拯救出所有后来被时间证明是"有用的"、与旧时代相比是"进步的"东西：人权，平等，宪政的伟大思想。在"巩固"革命成果的同时，他将革命变得有人性，从社会和个体的角度讲都变得有用：他以自己的才智、力量和天赋，能够长达十五年成功地阻止那些想要回国、渴望报复、怀着仇恨的流亡者，那些逃到国外的贵族和吉伦特派[2]。匈

1　《我活了下来》是西耶斯于1793年出版的一部作品。

2　吉伦特派，指法国大革命期间一个源自吉伦特省的政治派别，代表为当时信奉自由主义的法国工商业人士。

牙利在经历了一战后的一系列革命动荡之后，没有自己的拿破仑，这很自然，因为天才很稀有。

但是，匈牙利连自己的西耶斯神父都没有，这种缺失在现实中显得更令人痛苦。由于没有这样的人物，所有的革命尝试看起来似乎都是徒劳的。拿破仑、《法国民法典》、人的自由与平等思想和土地改革，这些都源于法国大革命。这一切，1919年后在匈牙利也留下了一点点；但是，当贝特兰·伊什特万建立制度时，并没有打造新的制度，只是恢复了旧的制度。另一个问题是，从法国大革命里脱胎出了一个特殊的变种——帝国主义；拿破仑本人就覆灭其中——在欧洲脱胎出的则是浪漫主义。亚当·史密斯，重农主义者们，还有马尔萨斯，他们都怀疑人类的繁衍能力远远超过了自身创造的生存可能。另外……在匈牙利，革命的所有成果都丧失殆尽。可以这么讲，贝特兰·伊什特万不仅是他所在的阶层，而且是传统匈牙利社会中的一位最有教养的人物，他很可能清楚这一切。但是他只能使用头脑，而不是用心。

他用了十年的时间，恢复并巩固了遭到革命破坏的、由庄园主阶层掌权的旧领主制度。他的一位才华横溢的同人在那十年里开始推行一种相对旧时代而言是进步的文化政策，而贝特兰等人终于意识到，在如此激烈的世界竞争中，匈牙利只凭其旧的生产方式无法找到自己的立足之地，因此他从政策上鼓励并有效地支持国家工业化。他目光敏锐地看到匈牙利人在世界上的处境，对未来的命运抱有怀疑。他是一个充满激情的猎手，对他来说，打猎不仅是庄园主阶层的一种消遣方式，更是出于身体与精神的需要：他能在林野里隐居几个星期，一个人住在一座小猎屋里，在那里思考，观察大自然，审视自己，为匈牙利的问题寻找答案。他非常了解历史，吸取历史教训，并且知道，当法国大革命废除了旧的政治体制并建立了议会制时，人们终于根据自己的新身份在世界上占据了自己的位置。正因如此，他努力根据宪法，通过议会管理这个国家——但他还是无法对摆在眼前的重大问题做出回应。他无法摆脱这个固有的偏见，认为只有他所在的阶层，只有庄园主阶层才有资格治理国家，所以他无法接受需要实施土地改革的观念，因为他认为，只有在庄园主阶层掌握土地的条件下，他们的权力才能得到保证，作为那个阶层的成员他是对的，从自身阶层的立场出发，他这么想绝对是正确的。毫无疑问，他肯定知道一句匈牙利俗语："土地属于谁，国家就属于谁，国家的命运和宿命也就属于谁。"出于这个原因，他既不能够，也不希望将土地的所有权从他所在阶层的手里交出去，自然也不想接受由此而建立的新制度。他栽倒在这个问题上。在用人问题上一向短视的贝特兰·伊什特万推荐贡伯什·久拉接替自己担任政府总理；后来有一天，贡伯什率领一支打着"人民武装"旗号的法西斯突击队向以贝特兰·伊什特万为代表的"领主政策"发起了攻击，从背后捅了贝特兰一刀。在那十年里，他无权无势、孤独地生活。那些年他已是六旬老人，在老年孤独的炼狱里，他的形象显得尤其高贵。他的样子看上去很像堂吉诃德——身材瘦长，体格精悍，鼻子很高，蓄了一副滑稽、蓬乱的小胡子，几乎完全秃顶——他的整个形象让人感觉到某种孤决不逊的个性力量。即使他去到一个没有人认识他的地方，人们也会不由自主地注意到他，在国外也一样；每个人都会抬起眼看他，因为进来了"一个人"。他是一个独立的人，不可被冒犯。但是，他也不是一位真正的大领主，因为他很傲慢；或许，跟多瑙河西岸忠诚朝廷的黑衣贵族相比，艾尔代伊的贵族们总有一股难以掩饰的、绝不奉迎的傲慢之气。在那个时期，在悲惨的战争岁月，特别是在战败后的那几年，这位与众不同的孤独者——与他掌权时期相比——变得更温和、更亲切、更友好。他读了很多自己精心挑选的书籍和资料；他是一位认真、偏执的读者。从来没有谁能够说服他读某一本书：他根据自己的头脑和本能选择自己要读的东西。他对世界、政治、历史、经济各领域的书籍和资料都了如指掌。他在聚会场合很少说话，总是不停地吸那致命的香烟——他在那个时期就已患有心脏病，但他无法戒掉尼古丁，这是他最大的人性弱点——只要他一开口说话，必定态度果决，言简意赅，富于新意。我记得有一次有谁谈论起日本，贝特兰立刻打断了对方，滔滔不绝地讲了足足有十分钟的话，在那十分钟里，他准确无误地讲述了日本的历史、社会结构、在太平洋地区扮演的角色及其使命，仿佛举办一场经过充分准备的学术报告会……他对事物的本质极其敏感。我不会忘记，大约是在十年前，有一次我在一本英文书里读到卢瑟福[1]的原子实验，我在贝特兰面前提到了这个实验；当时他两眼放光，就像一位猎人发现了什么令人兴奋的踪迹时那样侧耳细听。当时，围在他身边的逢迎者中还没有人会谈论原子弹。他的理性与直觉总能让他一下子捕捉到实质。

他有一次谈话给我留下很深的印象，那是在匈牙

---

1 卢瑟福，即欧内斯特·卢瑟福（1871—1937），新西兰物理学家，被称为"原子核物理学之父"。

利军队在沃罗涅日遭遇惨败的前夕。那个时候，匈牙利命运的悲剧性轮廓已经变得逐渐清晰：国家被卷入了战争的旋涡。有一天晚上，在位于布达山的贝特兰府邸，晚饭后——他妻子经常在安静的家中宴请作家和艺术家们——贝特兰突然开口讲话。这天晚上，这个一向沉默寡言的人突然一反常态地侃侃而谈，突然迸发出压抑已久的激情和怒火。从他的言语里可以感觉到，他的这些话已经在心里琢磨了很久，只是现在才说出口。他说，他担心匈牙利人会受到斯拉夫人的威胁——这话听起来经过了深思熟虑，作为一个匈牙利人，他担心自己的人民和祖国受到斯拉夫人的威胁，因为他们是"雌性力量"——他用了这样一个词——"对于匈牙利民族的生存来说，要比德国人的侵略更具危险"。这种话出于贝特兰之口令人感到很意外，想来在匈牙利政治的最后十年里，他是最坚定果敢、不遗余力地反对大德意志政治和纳粹主义极权思想的人。他还说，在他看来，真正害怕这场革命的大概并不是匈牙利人，而是那些封建领主，他们担心会失去自己的名衔、地位和财产，他要我们相信，这并不是让他害怕的真正原因。当时所有的在场者，谁都不敢相信自己的耳朵，不能相信这席话居然出自一位伯爵，一位曾经的领主（当时的贝特兰已经变得很穷困，靠退休金生活，他在艾尔代伊地区的领地早已被罗马尼亚人瓜分了），一位封建制度的代言人之口。他已经违背了自身阶层的利益，即便并不情愿，但是为了匈牙利民族的命运，他还是愿意付出更多的牺牲。他相信，苏维埃革命最终会成为一场伟大的社会、经济实践，他相信这一天很快就会到来。斯拉夫民族可不是实践，而是历史现实，斯拉夫人正像海潮一样泛滥成灾，淹没了匈牙利的高地和山区。因此，他更担心的是斯拉夫人；他觉得这才是最危险的时刻。

我们一声不响地听着。我们不习惯听贝特兰这样公开谈论他的忧虑。当时我没有讲话，后来也没有，我脑海里联想到一本书，似乎我理解了匈牙利人命运特殊而致命的法则。绝大多数匈牙利人并不了解我当时想到的那本书，事实上不仅在当时，后来我也曾多次想到：书名为《塞列米手抄本》[1]。官方的文化部门并不愿在匈牙利的学校里提到这部史书。塞列米·久尔吉曾是亚诺什一世

1　作者是塞列米·久尔吉（约1490—1558后），匈牙利历史学家，著有《匈牙利国的衰亡》。

国王的告解神父。他生活在"莫哈奇战役"[1]的那个时代，那是匈牙利历史上最灾难深重的年代，土耳其人入侵，在莫哈奇平原击败了匈牙利国王拉约什二世亲率的军队；国王在战役中丧生，国家大半沦陷，土耳其军已经势不可挡。《塞列米手抄本》记录那场巨大的灾难。

这位塞列米·久尔吉是一个酒徒，一个来自塔波尔的生性浮浪的神父，在1540年左右，他用平白得可怕的拉丁语记录了莫哈奇战役前后时期的那段历史。《塞列米手抄本》里充斥着大量事件、人物和历史的错误，另外，这位喋喋不休的神父事无巨细地记下了一切。简而言之，就像当下的一位普通记者报道二战那样，不假思索地记录下国家所遭受的不幸。不过，这位记录历史的嗜酒神父确实知道许多事情——他来自民间，曾在当时的宫廷里生活过，并且擅于倾听和观察——他清楚地知道那场民族的灾难，那场成为国耻的莫哈奇战役在民众心中意味着什么。他这样写道："灾难过后，当国家面临

1　指发生在1526年8月29日的莫哈奇战役，匈牙利国王拉约什二世亲率匈牙利军队迎战奥斯曼苏丹苏莱曼一世率领的土耳其侵略军，结果以匈牙利失败告终，拉约什二世在逃跑时落水身亡。匈牙利王国从此衰落，被奥斯曼帝国和哈布斯堡王朝分割，进入历史上的"三分时期"。

生死存亡问题时，匈牙利大领主们开始讨论我们该怎么做。这些令人恐惧、贪婪吝啬的匈牙利领主们，这些奇巴克家族、博多家族、巴托利家族的大老爷们，他们为了保住村庄而出卖了上帝、国王和自己的祖国。他们都是些没有道德、不知羞耻的家伙！但是毫无疑问，他们也是匈牙利的政治家，他们也能远远地超越制度和自身阶层的利益，知道对匈牙利民族来说需要什么，希望什么。他们也能够看得很远，并做出较为明智的决定，他们心里很清楚，在未来的日子里跟土耳其人一起总要比跟德国人[1]一起好一些，因为尽管土耳其占领者凶残可憎——他们掠夺男孩女孩，打劫匈牙利人的财富，他们的占领使这个国家更加腐败——但是，这是一个野蛮的非基督教强权，奥斯曼帝国并不是匈牙利直接的邻居，两国之间并无接壤，土耳其人早晚有一天会返回家园。但是，如果匈牙利领主们在这个危急关头跟德国人合作，那么这个直接的邻居将永远地留在这个国家。"这就是塞列米的所闻所记，也就是匈牙利贵族们的所思所想，从历史角度看，他们的想法合乎逻辑。只是，匈牙利政治

1　这里的"德国"指德意志神圣罗马帝国，即哈布斯堡王朝统治的奥地利帝国。

家们有一点没有想到，土耳其人的占领会持续一百五十年！当哈布斯堡王朝最终将土耳其人从这个国家赶出去时，曾经强大的匈牙利王国已经变成一片荒漠。那天晚上，贝特兰谈的虽是另一个话题，但实质意义是相同的。他要大家相信，匈牙利更该担心的是斯拉夫人摧毁一切的种族力量，而不是其他因素；而在当时那段时间里，匈牙利人对苏联人的恐惧已经超过了对德国人的。

即便如此，贝特兰在那些年里还是那样毫不动摇地坚持反德国的立场，以至于当德国人占领了匈牙利——就在他那次讲话的几天之后——盖世太保在第一天的清晨就派人把他带走了：想要把他送入集中营。那天早晨，我给贝特兰家里打了两次电话，但是铃响之后没有人接听。当晚，贝特兰的妻子打来电话。她告诉我说，德国人清晨闯入家中，将所有文件资料都带走了，把家里翻了个底朝天，并把她也锁在一间小屋里，到了晚上才把她放出来……我问贝特兰的情况怎么样，她只简单回答了一句："伊什特万在清晨就离开了……"随后是一段动荡的日子，一年后，我终于了解到贝特兰在那天之后颠沛的命运……在德军占领期间，他在多瑙河西部的许多地方东躲西藏，在山野深处，隐居在林间的猎屋里。他剪掉了胡须，乔装打扮——可以想象，伪装对他来说肯定是一种巨大的折磨——在那个危险的夏天，他化妆，戴围巾，穿军官制服，在摄政王的汽车里两次与霍尔蒂秘密见面。在那最后的十年里，贝特兰已经没有任何的权力，但他始终都是属于国家秘密的"亚略巴古[1]"成员，核心智囊团隐形顾问。通过秘密会面，摄政王接受了这位四处躲藏的老政治家的建议。贝特兰催促摄政王尽快与德国人决裂，向苏联人和英国人请求停火，因为没有希望可言，德国人注定会输掉这场战争。摄政王在这两次见面时都承诺将会请求停火，但是贝特兰回到森林深处，直到十月中旬，什么也没发生。

在秘密躲藏的那几个月里，有一种自信在贝特兰心里萌生并成熟：他相信自己不会遭到苏联人的迫害，因为众所周知，他在政治上始终都勇敢地坚持反德国的态度，而且不顾个人生命安危不断地敦促与苏联人的战争停火。而且，有一件事他相信苏联领导人能够记住：在几年之前，贝特兰曾跟莫斯科当局达成过一项协议。当

---

1 亚略巴古，即"阿瑞斯的岩石"，位于雅典卫城的西北，在古典时期作为雅典刑事和民事案件的高等上诉法院。这里指摄政王霍尔蒂的智囊团。

时，匈牙利在保持了十几年沉默后，终于和苏联建立了外交关系，第一位苏联大使抵达布达佩斯，那是一位名叫贝克萨疆[1]的亚美尼亚裔官员。这个贝克萨疆是一个蓄有胡须的东方人，他的德语和法语讲得并不好，他在驻匈使馆工作期间感觉不好。他曾跟一位巴尔干外交官（那人是波利蒂斯[2]的弟子，一位杰出的国际法学家）抱怨说，在匈牙利人中，他作为苏联驻匈大使受到冷遇，不太受欢迎。"我的处境很尴尬，"他嘴里混杂着德语词和法语词，磕磕巴巴地抱怨说，"他们邀请我参加活动，但把我丢在角落，没有人搭理我……我觉得，这个国家的人不喜欢我的祖国。"巴尔干外交官一本正经地解释说："别想太多，我的朋友。他们不喜欢的并不是您的国家，而是您这个人。"听到这个解释，贝克萨疆感到如释重负，他叹了口气应道："哦，那是另一回事……"这桩关于巴尔干外交官的逸事，我是听贝特兰亲口讲述的；为了能

---

1 贝克萨疆，即亚历山大·阿鲁季诺维奇·贝克萨疆（1879—1938），亚美尼亚裔的外交官。1934年12月至1937年担任苏联驻布达佩斯大使。1937年被指控"从事反革命罪活动"并被处死。1956年获得平反。

2 波利蒂斯，即尼古拉斯·波利蒂斯（1487—1547），希腊政治家，曾担任外交部部长。

够让这位苏联大使消除心里的少数派感受，贝特兰特意邀请贝克萨疆到他在布达的家中用晚餐，晚餐后，他将客人领进了书房。

贝特兰说，他坚信两国之间，在苏联和匈牙利之间存在共同的利益，他指的是艾尔代伊和比萨拉比亚[1]，这两个地区因《特里亚农条约》而遭到割让，从而更加恶化了罗马尼亚问题。贝特兰认为，现在到了两个国家，即大国苏联与小国匈牙利一起联手，通过协议的形式实现收复艾尔代伊和比萨拉比亚愿望的时候了。大使听了匈牙利总理的话，立即将这次谈话内容报告给苏联政府，事过不久，大使带回消息说，克里姆林宫领导人对贝特兰的这个想法感兴趣，他们不会忘记这个计划，等到时机成熟，可以一起讨论共同的行动……也许正是那些次交谈的记忆给了贝特兰勇气，他觉得自己不用害怕苏联人，用不着逃跑。不管怎样，令人不解的是，这位理性政治家的艾尔代伊血统导致了他的悲惨宿命；正像年迈

1　比萨拉比亚是摩尔达维亚的一部分。在第七次俄土战争后，奥斯曼帝国将其让予苏联帝国。1918年与罗马尼亚合并。二次大战期间被苏联占领。1991年脱离苏联独立成为摩尔多瓦共和国。

的拉库茨大公 [1] 在他的流亡地，在土耳其马尔马拉海的海滨，在泰基尔达市写下的"自白"里承认的那样：只要能够再次回到匈牙利的土地，即使跟鞑靼部落结盟也心甘情愿；身为艾尔代伊大公后裔的贝特兰·伊什特万——就像拉库茨一样——为了能够收复艾尔代伊领土，宁愿与苏联人联手完成这项大业，然而让他矛盾的是，同时他又担心整个匈牙利的命运会葬送于苏联人之手……想来，自己的出身、教养和家庭记忆同样能够如此之深地影响那些强人们的想象力。

苏联人来了，贝特兰确实没有逃跑，因此，他的最终宿命跟所有相信强权的人一样：就像匈牙利历史中许多相信土耳其人或奥地利人的杰出人物；就像托洛克·巴林特 [2] 等人。贝特兰亲眼见到苏联军队开到多瑙河西部，

1　拉库茨大公，即拉库茨·费伦茨二世（1676—1735），匈牙利贵族的艾尔代伊大公，18世纪匈牙利民族独立运动领袖，金羊毛骑士团骑士，民族英雄。1704年爆发了由他领导的反抗哈布斯堡王朝统治的独立战争，1711年失败，他流亡到土耳其，在泰基尔达市去世。

2　托洛克·巴林特（1502—1550），匈牙利大贵族、军事将领、南多尔费海尔城（贝尔格莱德）总督。

开到佩奇市附近。由托尔布欣元帅 [1] 指挥的苏联军队在匈牙利的这个地区击败了德军和箭十字党的军队。贝特兰赶去拜见托尔布欣，元帅早就听说过他，十分友好地接待了他，在苏军占领的城市里为他安排了一套干净整洁的两室公寓，并在他身边安排了一位苏联少校，无论贝特兰去哪儿，年轻少校都寸步不离，以防他在动荡时期遭到不测。贝特兰感觉自己被苏联占领军的领导层奉为了贵宾，他是一位反抗德国的匈牙利政治家。他与苏联元帅进行了两次长谈，托尔布欣征求贝特兰的意见，问他是否愿意去前线跟箭十字党谈判——当时在匈牙利的西部边境，德军和箭十字党的军队还在负隅顽抗——说服他们放下武器，现在抵抗已没有意义。贝特兰坦率地向元帅解释，说自己不适合扮演这个角色：如果他落到箭十字党手里，他们肯定会立即枪毙他。随后，托尔布欣又问贝特兰，他想不想去艾尔代伊，即特兰西瓦尼亚。在罗马尼亚人和匈牙利人之间需要有一个思想开明、能负重望的人从中周旋……但是贝特兰也不愿意去艾尔代

---

1 托尔布欣元帅，即费多尔·伊万诺维奇·托尔布欣（1894—1949），苏联元帅。1945年他在匈牙利巴拉顿湖击败德军第六装甲集团军的最后一次进攻。

伊，他说只要战争还在进行，他在那里就不可能起到任何作用。托尔布欣元帅认真地听取贝特兰的想法，对他的态度非常友善，丝毫没有强迫他。

在那段时间里，在临时信使的帮助下，贝特兰会定期给留在布达佩斯的家人写信，那时的首都已在围城战中变成了废墟。在那些家书里，他十分自信地谈到自己的个人前途；按照他的想象，他在苏联元帅的管辖区内享有某种治外法权。但是有一天，家人不再能收到他的来信。几个星期后，家人终于收到了他的一封亲笔信，简单告知了自己的处境，不过这封信并不是从佩奇发出的，而是寄自蒂萨河畔的孔圣米克洛什[1]；前段时间，苏联人出乎意料地突然把他带到那里软禁。他在信里央求妻子："你必须赶快想个什么办法，把我从这里救出去，不然的话，我被关在这里会发疯的……"贝特兰现在才恍然明白，他在苏联人手里既不是贵客，也不享有任何的治外法权。有一天，他被带上了飞机，从那之后，再没有人听到过他的消息。有人传言，他住在莫斯科附近一家类似疗养院的地方。但实际上，在那两年里并没有谁

1　孔圣米克洛什，位于匈牙利中部的一个小城镇。

真在莫斯科见到过他，他也没寄出过任何信件，没留下任何生存的迹象。1946年，匈牙利政府代表团赴莫斯科参加会谈时，曾在谈判桌上提起贝特兰的名字；有一位苏联高官——有人说就是斯大林本人——向匈方代表反问："匈牙利当局对贝特兰的命运持什么样的立场？"代表团团长是独立小农党的领袖纳吉·费伦茨 [1]（当时出任政府总理，后来遭到革命党放逐），当时不知该怎样回答这个问题；也许，他考虑到当下匈牙利领导人的态度，于是避开了话锋，这样回答："匈牙利政府首先关心的是匈牙利战俘的命运……"因此，可以理解，之后再没有人敢提起贝特兰·伊什特万了。如果这个消息可靠的话，那么就是这句话决定了贝特兰将被永远放逐的命运。1948年，有报道说贝特兰已经去世了 [2]。这个并非没有可能，因为他已经七十五岁，患有心脏病，被囚禁在异国他乡，

---

1 纳吉·费伦茨（1903—1979），匈牙利独立小农党政治家。1946年2月1日，国民议会宣布废除帝制，成立匈牙利共和国，独立小农党领袖纳吉·费伦茨出任总理。

2 由于贝特兰·伊什特万在二战期间始终坚持反对德国的立场，1944年3月19日德国占领匈牙利后，他开始了四处躲藏的动荡生活。1946年10月5日在莫斯科的布提斯卡雅监狱医院中因心脏病去世，终年71岁。1994年6月，他的骨灰被象征性地下葬在布达佩斯凯莱佩什公墓。

他有死亡的所有理由。

这个人，是过去二十五年里最杰出的匈牙利人之一，他的命运以悲剧告终，就像他的许多前辈，许多囚死在伊斯坦布尔的七塔监狱或奥地利的城堡监狱里的匈牙利政治家和将领们那样。他的悲剧命运使关于他的记忆变得高贵，但是并不能消解他在政治生涯中受到争议的、所应担负的那些责任。他是两袖清风、心灵纯净的伟大的匈牙利人之一，但是并没有及时地意识到，旧制度的时代在匈牙利已成过去，对于庄园主阶层来说，他们应该抓住那已经到来的那一刻，应该没有条件、不计后果地将自己手中的领导权交付给民主的力量。

后记

流亡的骨头

余泽民

1

我第一次看到并记住了马洛伊·山多尔（Márai Sándor）这个名字，是在 2003 年翻译匈牙利诺奖作家凯尔泰斯的《船夫日记》时。凯尔泰斯不仅在日记中多次提到马洛伊，将他与托马斯·曼相提并论，称他为"民族精神的哺育者"，还抄录了好几段马洛伊的日记，比如，"谎言，还从来未能像它在最近三十年里这样地成为创造历史的力量"；"上帝无处不在，在教堂里也可以找到"；"新型的狂热崇拜，是陈腐的狂热崇拜"……句句犀利，睿智警世。

我开始买马洛伊的小说读，则是几年后的事。原因很简单，我在给自己翻译的匈牙利作品写序言时，发现我喜欢的作家们全都获得过"马洛伊·山多尔文学奖"，包括凯尔泰斯·伊姆莱（Kertész Imre）、艾斯特哈兹·彼得（Esterházy Péter）、克拉斯诺霍尔卡伊·拉斯洛（Krasznahorkai László）、纳道什·彼得（Nádas Péter）、巴尔提斯·阿蒂拉（Bartis Attila）和德拉古曼·久尔吉（Dragomán György）。可以这么说，当代匈牙利作家都是在马洛伊的精神羽翼下成长起来的，所以我觉得应该读他的书。

我读的他的第一本小说是《反叛者》，描写了第一次世界大战后一群对现实社会恐惧、迷惘的年轻人试图远离成年人世界，真空地活在自己打造的世外桃源，结果仍未能逃出成年人的阴谋。第二本是《草叶集》，是一位朋友作为圣诞礼物送给我的，后来我又从另一位朋友那里得到一张这本书的朗诵光盘。坦白地说，《草叶集》里讲的生活道理并不适合所有人读；准确地说，只适合有理想主义气质的精神贵族读，虽是半个世纪前写的，却是超时空的，从侧面也证明了一个事实，什么主义都可能过时或被修正，但理想主义始终如一。我接下来读的是《烛烬》《一个市民的自白：考绍岁月》《一个市民的自白：欧洲苍穹下》，这使我彻底成为马洛伊的推崇者。也许，在拜物的时代，有人会觉得马洛伊的精神世界距离我们有点遥远，跟我们的现实生活格格不入，但至少我自己读来感觉贴心贴肺，字字抵心。马洛伊一生记录、描写、崇尚并践行的人格，颇像中世纪的骑士，用凯尔泰斯的话说是"一种将自身与所有理想息息相牵系的人格"。

　　十年前，译林出版社与我联系，请我推荐几部马洛伊的作品，我自然推荐了自己喜欢的几本，并揽下了《一个市民的自白：考绍岁月》《一个市民的自白：欧洲苍穹下》《烛烬》《一个市民的自白：我本想沉默》的翻译工作，而《伪装成独白的爱情》《草叶集》《反判者》则分别由郭晓晶、赵静和舒荪乐三位好友担纲翻译。译林引进的这几本书中，《烛烬》和《伪装成独白的爱情》，台湾地区曾出过繁体中文版，但是从意大利语转译的，有不少误译、漏译和猜译之处，马洛伊的语言风格也打了折扣，不免有些遗憾。当然这不是译者的过失，是"转译"本身造成的。所以，值得向读者强调的是，译林推出的这套马洛伊作品，全部是从匈牙利语直译的，单从这个角度讲也最贴近原著，即使读过繁体中文版的读者也不妨再读一遍我们的译本，肯定会有新的感受。

2

　　马洛伊·山多尔是 20 世纪匈牙利文坛举足轻重的小说家、诗人和剧作家，也是 20 世纪历史的记录者、省思者和孤独的斗士。马洛伊一生追求自由、公义，坚持独立、高尚的精神人格，他经历了第一次世界大战、第二次世界大战和冷战的风风雨雨，从来不与任何政治力量为伍，我行我素，直言不讳，从来不怕当少数者，哪怕流亡也不妥协。纵观百年历史，无论对匈牙利政治、文化、精神生活中的哪个派别来说，马洛伊都是一块让人难啃却又不能不啃的硬骨头，由于他的文学造诣，即便那些敌视他的人，也照样会读他的书。无论是他的作品，还是他的人格，对匈牙利现当代的精神生活都影响深远。

　　1900 年 4 月 11 日，马洛伊·山多尔出生在匈牙利王国北部的考绍市（Kassa），那时候还是奥匈帝国时期。考绍市坐落在霍尔纳德河畔，柯伊索雪山脚下，最早的文献记录见于13世纪初，在匈牙利历史上多次扮演过重要角色。马洛伊的家族原姓"格罗施密德"（Grosschmid），是当地一个历史悠久、受人尊重的名门望族，家族中出过许多位著名的法学家。18世纪末，由于这个家族的社会威望，国王赐给了他们两个贵族称谓——"马洛伊"（Márai）和"拉德瓦尼"（Ládványi）。

马洛伊在《一个市民的自白：考绍岁月》中这样描述自己的家庭："我走在亡人中间，必须小声说话。亡人当中，有几位对我来说已经死了，其他人则活在我的言行举止和头脑里，无论我抽烟、做爱，还是品尝某种食物，都受到他们的操控。他们人数众多。一个人待在人群里，很长时间都自觉孤独；有一天，他来到亡人中间，感受到他们随时随地、善解人意的在场。他们不打扰任何人。我长到很大，才开始跟我母亲的家族保持亲戚关系，终于有一天，我谈论起他们，听到他们的声音；当我向他们举杯致意，我清楚地看到他们的举止。'个性'，是人们从亡人那里获得的一种相当有限、很少能够自行添加的遗产。那些我从未见过面的人，他们还活着，他们在焦虑，在创作，在渴望，在为我担心。我的面孔是我外祖父的翻版，我的手是从我父亲家族那里继承的，我的性格则是承继我母亲那支的某位亲戚的。在某个特定的时刻，假如有谁侮辱我，或者我必须迅速做出某种决定，我所想的和我所说的，很可能跟七十年前我的曾外祖父在摩尔瓦地区的磨坊里所想的一模一样。"

马洛伊的母亲劳特科夫斯基·玛尔吉特是一位知识女性，年轻时毕业于高等女子师范学院，出嫁之前，当了几年教师。父亲格罗施密德·盖佐博士是著名律师，先后担任过王室的公证员、考绍市律师协会主席和考绍市信贷银行法律顾问，还曾在布拉格议会的上议院当过两届全国基督民主党参议员。马洛伊的叔叔格罗施密德·贝尼是布达佩斯大学非常权威的法学教授，曾为牛津大学等外国高校撰写法学专著和教科书，其他的亲戚们也都是社会名流。马洛伊的父母总共生了五个孩子，马洛伊·山多尔排行老大，他有个弟弟盖佐，用了"拉德瓦尼"的贵族称谓为姓，是一位著名的电影导演，曾任布达佩斯戏剧电影学院导演系主任。对于童年的家，马洛伊在《一个市民的自白：考绍岁月》中也有详尽的描述，工笔描绘了帝国末年和两次世界大战之间东欧市民生活的全景画卷。

3

在马洛伊生活的时代，考绍市是一个迅速资本主义化的古老城市，孕育了生机勃勃的"市民文化"，作家的青年时代就是在这样的环境里度过的。自身的经历为他的创作提供了丰富的素材，形成了他作品的基调，并决定了他的生活信仰。在马洛伊的小说里，"市民"是一个关键词，也是很难译准的一个词。马洛伊说的"市民"和我们通常理解的城市居民不是一回事，它是指在20世纪初匈牙利资本主义的黄金时代形成的一个特殊社会阶层，包括贵族、名流、资本家、银行家、中产者和破落贵族等，译文中大多保留了"市民"的译法，有的地方根据具体内容译为"布尔乔亚"、"资产阶级"或"中产阶层"。

在匈牙利语里，市民阶层内还分"大市民"和"小市民"。前者容易理解，是市民阶层内最上流、最富有的大资本家和豪绅显贵；后者容易引起误解，并不是我们所说的"小资"或"小市民"，而是指中产者、个体经营者和破落贵族，而我们习惯理解的"小市民"，则是后来才引申出的一个含义，指思想局限、短视、世俗之人，但这在马洛伊的时代并不适用。因此，我在小说中根据内容将"小市民"译为"中产者"、"破落者"或"平民"，至少不带贬义。马洛伊的家庭是典型的市民家庭，有较高的社会地位，家境富裕，既保留奥匈帝国的贵族传统，也恪守市民阶层的社会道德，成员们有很高的文学、艺术修养，孩子们被送去接受最良好的教育。

马洛伊在十岁前，一直跟私教老师学习，十岁后才被送进学校。青少年时期，马洛伊先后四次转学，每次的起因都是他反叛的性格。有一次，他在中学校刊上发表了一篇文章，提到了天主教学校的老师们惩罚手执手杖、头戴礼帽、叼着香烟在大街上散步的学生，结果遭到校长的训诫，马洛伊愤怒之下摔门而去，嘴里大喊："你们将会在匈牙利文学课上讲到我！"还有一次转学，是因为他离家出走。

1916 年 11 月 21 日，马洛伊正在国王天主教中学上文学课，校长走进教室宣布："孩子们，全体起立！国王驾崩了！"过了一会儿又说:"你们可以回家了,明天学校放假。"马洛伊后来回忆说:"在这个重要的历史时刻,我们由衷地高兴。我们并不清楚弗朗茨·约瑟夫国王的死意味着什么。国王死了,国王万岁!"马洛伊就是一个倔强、自信的早慧少年,不但学会了德语、法语和拉丁语,而且很早就在写作、阅读和口头表达能力方面表现出超群的天赋。1916年,他第一次以"萨拉蒙·阿古什"(Salamon Ákos)的笔名在《佩斯周报》上发表了小说处女作《卢克蕾西亚家的孩子》,尽管学校教师对这个短篇小说评价不高,但对酷爱文学的少年来讲,这无疑是一个巨大的鼓舞。从这年起,他开始使用家族的贵族称谓"马洛伊"。

1918年1月,成年的马洛伊应征入伍,但由于身体羸弱没被录取,后来证明没被录取对他来说是一种幸运:没过多久,一战爆发,马洛伊有十六位同班同学在战场上阵亡。同年,马洛伊搬到了布达佩斯,遵照父亲的意愿,在帕兹马尼大学法律系读书,但一年之后他就厌倦了枯燥的法学,转到了人文学系,接连在首都和家乡的报刊上发表文章,并出版了第一部诗集《记忆书》,深获著名诗人、作家科斯托拉尼·德热(Kosztolányi Dezsö)的赏识。科斯托拉尼在文学杂志《佩斯日记》中撰写评论,赞赏年轻诗人"对形式有着惊人的感觉"。但是，此时的马洛伊更热衷于直面现实的记者职业，诗集出版后，他对诗友米哈伊·厄顿（Mihályi Ödön）说，他之所以出版《记忆书》，是想就此了结自己与诗歌的关系，"也许我永远不会再写诗了"。

4

马洛伊中学毕业后，一战也结束了。布达佩斯陷入革命风暴和反革命屠杀。一是为了远离血腥，二是为了彻底逃离家庭的管束，马洛伊决定去西方求学。1919 年 10 月，他先去了德国莱比锡的新闻学院读书，随后去了法兰克福（1920）和柏林（1921）。在德国，他实现了自己的记者梦，为多家德国报刊撰稿，最值得一提的是，年仅二十岁的他和托马斯·曼、亨利希·曼、西奥多·阿多诺等知名作家一起成为《法兰克福日报》的专栏作家；同时，他还向布拉格、布达佩斯和家乡考绍市的报纸投稿。"新闻写作十分诱人，但我认为，在任何一家编辑部都派不上用场。我想象的新闻写作是一个人行走世界，对什么东西有所感触，便把它轻松、清晰、流畅地写出来，就像每日新闻，就像生活……这个使命在呼唤我，令我激动。我感到，整个世界一起、同时、经常地'瞬息万变''令人兴奋'。"

在德国期间，他还去了慕尼黑、多特蒙德、埃森、斯图加特……"我在那里并无什么特殊事情要做，既不去博物馆，也不对公共建筑感兴趣。我坐在街边的长凳上或咖啡馆里，总是兴奋地窥伺，揣着一些复杂念头，不可动摇地坚信现在马上将要发生什么，这些事会对我的生活产生巨大影响。在绝大多数时候，什么也没发生，只是我的钱花光了。熬过漫漫长夜，我抵达汉堡或柯尼斯堡。"在德国，与其说是留学，不如说是流浪，他有生以来第一次作为一个不屈从于他人意志的个体在地球上走、看、听、写和思考。

魏玛是歌德的城市，那里对马洛伊的影响最深最大。"在魏玛，我每天早晨都去公园，一直散步到歌德常在炎热的夏日去那里打盹儿的花园别墅。我走进屋里转上一圈，然后回到城里的歌德故居，在光线昏暗的卧室里站一会儿，那里现在也需要'更多的光明'；要么，我就徘徊在某间摆满矿石、手稿、木刻、雕塑和图片的展厅里，仔细端详诗人的遗物，努力从中领悟到什么。我就像一位业余侦探，正隐藏身份侦破某桩神秘、怪异的奇案。"在魏玛，他找到了自己精神的氛围："住在歌德生活过的城市里，就像假期住在父亲家那样……在歌德故居，每个人都多多少少能感到宾至如归，即使再过一百年也一样。歌德的世界收留旅人，即便不能给他们宽怀的慰藉，也能让人在某个角落栖身。"

在德国期间，自由、动荡、多彩的生活使马洛伊重又燃起写诗的热情，他在给好友米哈伊·厄顿的一封信中表示："在所有的生活任务之中只有一项真的值得人去完成：当一名诗人。"1921 年，他的第二部诗集《人类的声音》出版，著名诗人萨布·吕林茨（Szábó Lörincz）亲自撰文，赞赏有加。同年，他还做了一件重要的事情——翻译并在家乡杂志上发表了卡夫卡的小说《变形记》和《审判》，成为卡夫卡的第一位匈牙利语译者和评论者。马洛伊承认，卡夫卡是对他影响最大的作家之一，不是在写作风格上，而是在文学精神上。

1921 年，对马洛伊来说是个重要的年份，他在柏林与玛茨奈尔·伊伦娜（昵称"罗拉"，这位考绍的名门闺秀也是为了反叛家人而出走柏林）一见钟情。从那之后，马洛伊与她相濡以沫六十三年；从那之后，罗拉不仅是他的妻子，还是他的旅伴、难友和最高贵意义上的"精神伴侣"，几乎他以后写下的所有文字，罗拉都是第一位读者。

1922 年马洛伊的散文集《抱怨书》在家乡出版，其中有一篇《亲戚们》，描写了自己的亲戚们和青少年时代的生活，为后来创作《一个市民的自白：考绍岁月》提供了框架。

1923年，马洛伊与罗拉在布达佩斯结婚，随后两人移居巴黎。"我们计划在巴黎逗留三个星期。但是后来住了六年。"马洛伊在《一个市民的自白：欧洲苍穹下》里详细地讲述了戏剧性的巴黎生活，他在索邦大学读书，去图书馆翻杂志，做一些勉强糊口的工作，给德国和匈牙利报纸撰写新闻，并陪罗拉经历了一场险些让她丧命的重病……尽管在巴黎的生活十分贫寒，但精神生活十分丰富，作为记者，他看到了一个更大的世界，他亲耳聆听过阿波尼·阿尔伯特在日内瓦的著名演讲，见到张伯伦向这位曾五次获得诺贝尔奖提名的匈牙利政治家致意……在这期间，他还去过大马士革、耶路撒冷、黎巴嫩和伦敦，最重要的是读了普鲁斯特；毫无疑问，《追忆似水年华》对他后来创作《一个市民的自白：考绍岁月》和《一个市民的自白：欧洲苍穹下》影响至深，难怪评论家经常将他俩相提并论。

马洛伊在1924年6月20日写的一封信里说："巴黎吸引我，因此不管我一生中会流浪到哪里，最后都会回到这里。"在巴黎期间，他的第一部长篇小说《屠杀》在维也纳问世，同时他还创作了一部游记《跟随上帝的足迹》。

5

"有什么东西结束了，获得了某种形式，一个生命的阶段载满了记忆，悄然流逝。我应该走向另一个现实，走向'小世界'，选择角色，开始日常的絮叨，某种简单而永恒的对话，我的个体生命与命运的对话；这个对话我只能在家乡进行，用匈牙利语。我从蒙特勒写了一封信，我决定回家。"1928年春天，马洛伊回到了布达佩斯，但罗拉继续留在巴黎，因为她不相信马洛伊心血来潮的决定："我名下的公寓还在巴黎，罗拉还留在那里，她不相信我的心血来潮。"

一方面，马洛伊自己也心里打鼓："我不安地想：回去后我必须要谨言慎行；必须学会另一种匈牙利语，一种在书里面只选择使用的生活语言，我必须重新学匈牙利语……在家乡，肯定不是所有的一切我都能理解；我回到一个全新的家乡……我必须再次'证实'自己是谁——我必须从头开始，每天都得从头开始……我在家乡能够做什么呢？"另一方面，马洛伊了解自己是"一名能从每天机械性的工作中省出几个小时满足自己文学爱好的记者"，了解自己与生俱来的"匈牙利作家的命运"。他离开家乡，是为了找到自己；回到家乡，则是为了成为自己。

这时的匈牙利，已经不是他离开时的那个祖国。1920年签订的《特里亚农条约》，使原来的"大匈牙利"四分五裂，丧失了72%的领土和64%的人口；考绍市也被划归给捷克斯洛伐克。马洛伊没有回家乡，而是留在了布达佩斯。这时的他，已经是著名的诗人、作家和记者了，他的文学素养、独立精神和世界眼光，都使他很快跻身于精英阶层，成为社会影响力很大的《佩斯新闻报》的记者。

1928年，马洛伊出版了长篇小说《宝贝，我的初恋》。1930年，随着青春小说《反叛者》的问世，开启了马洛伊小说创作的黄金时代。《反叛者》的主人公们是一群青春期少年，他们以乌托邦式的挑战姿态向成年人世界宣布："我们不想与你们为伍！"他们以纯洁的理想，喊出了战后一代年轻人对世界、对成年人社会的怀疑。这部小说于1930年被译成法语，大作家纪德读后，兴奋地致信这位素不相识的匈牙利作者；存在主义思想家加布里埃尔·马塞尔亲自撰写评论。这部小说与法国作家让·科克多的《可怕的孩子们》，成为当年欧洲文坛的重要事件。同年出版的《陌生人》，则根植于他在巴黎的生活感受，讲述了一个长大成人的男孩如何面对自己的内心世界。

1934年至1935年，马洛伊完成了他自传性质的代表作——《一个市民的自白：考绍岁月》和《一个市民的自白：欧洲苍穹下》，时间跨越世纪，空间纵横欧陆。在《一个市民的自白：考绍岁月》中，他绘声绘色地讲述了自己的家族史和青春期成长史，生动再现了两次世界大战之间东欧新兴市民阶层的生活全景画卷。他用工笔的手法翔实记录了一战前后市民阶层的生存环境、生活习惯、家族传统、人际关系、审美趣味、道德准则、行为规范和社会风俗，刻画之详之细，如同摄像机拍摄后的慢放镜头，精细到各个房间内每件家具的雕花和来历、父母书柜中藏书的作者和书名、妓院房间墙上贴的告示内容和傍晚在中央大街散步的各类人群的时尚装扮。书里有名有姓的人物多达上百个，从皇帝到女佣，从亲友到邻里，从文人、政客到情人、路人，每个人都拥有个性的面孔和命运的痕迹。从文学水准看，该书毫不逊色于托马斯·曼的《布登勃洛克一家》和普鲁斯特的《追忆似水年华》。

在《一个市民的自白：欧洲苍穹下》中，马洛伊回忆了并不久远的流浪岁月。从德国、法国、英国、瑞士等西欧国家，写到东欧的布达佩斯，不仅讲述了个人的流浪、写作和情感经历，还勾勒出欧洲大陆在两次世界大战之间动荡不安、复杂激进的岁月影像，各地人文历史宛然在目，无数历史人物呼之欲出，真可谓一部大时代的百科全书。更重要的是，《一个市民的自白：欧洲苍穹下》以宏大的篇幅记录了一位东欧年轻知识分子的生理和心灵成长史，对内心世界的变化刻画得毛举缕析、委曲毕现，其揭露之酷、剖解之深和态度之坦诚，都是自传作品中少见的。如果让我作比的话，我首先想到的是萨义德的《格格不入》和卡内蒂的"舌耳眼三部曲"。

　　不过，也正是由于坦诚，马洛伊于1936年官司惹身，他当年的一位神父教师以毁誉罪将他送上法庭，另外作者的几位亲戚也对书中披露的一些细节感到不满，因此，马洛伊被迫销毁了第一版，支付了神父一笔可观的赔偿款，并对该书进行了大幅度的删减，主要删掉了对天主教寄宿学校中男孩们暧昧的情色生活的描述和关于几位亲戚的家庭秘闻，减掉了至少三章的篇幅，还删掉了大量的真实姓名，有的人物则用化名代替。从那之后的近八十年里，读者只能看到删节后的《一个市民的自白》，2015 年时译林出版社推出的《一个市民的自白》就是以 1936 年后的删节本为底本翻译的。

时过五年，我终于能弥补这一遗憾。2020 年疫情期间，我根据匈牙利新出版的《一个市民的自白》的全本，补译了所有被删减的文字，增补了数十条注释，向中国读者呈现出作品的原貌。同时，我还翻译了马洛伊最重要的遗稿《一个市民的自白：我本想沉默》。

马洛伊生前曾在日记里多次提及《一个市民的自白：我本想沉默》这部作品，并把它视作《一个市民的自白》第三部。但是这部作品之前从未出版，甚至没有人见到过它的手稿。直到马洛伊去世多年后，其手稿才被裴多菲文学馆的研究人员在整理马洛伊遗物时偶然发现，并在作者去世二十四年后与读者见面。这次译林社将《一个市民的自白》的全本拆分成《一个市民的自白：考绍岁月》和《一个市民的自白：欧洲苍穹下》，并与《一个市民的自白：我本想沉默》一起作为"马洛伊·山多尔自传三部曲"推出，对广大的"马洛伊迷"来说是一个福音。

6

从 1928 年回国，到 1948 年出国，马洛伊小说的黄金时代持续了整整二十年。毫无疑问，马洛伊是我知道的世界上最勤奋、最多产、最严肃，也是最真诚的作家之一，在当时的匈牙利文坛，他的成就和声誉无人比肩。

在马洛伊的长篇小说中，1942 年圣诞节问世的《烛烬》是语言最精美考究、故事最动人、情感最深沉、风格最强烈的一部。两位老友在离别多年后重逢，在昏暗、空寂的庄园客厅里秉烛对坐，彻夜长谈，追忆久远的过去，一个成了审判者，另一个成了被审判者。年轻的时候，他俩曾是形影不离的金兰之友，相互交心，不分你我；后来，其中一个人背叛了另一个，甚至有一刻动了杀机，结果导致一系列悲剧。马洛伊讲故事，不仅是讲故事，还用莎士比亚式的语言怀念逝去的帝国时代，以及随之逝去的贵族品德和君子情谊，他通过两位老人的对话告诉读者，悲剧的根源不是一时的软弱，而是世界秩序坍塌时人们传统道德观念的动摇。1998 年，《烛烬》最先被译为意大利语，随后英文版、德文版问世，之后迅速传遍世界。至今，《烛烬》仍是马洛伊作品中翻译语种最多、读者最熟悉、市场最畅销的一部小说，后来被多次改编成电影、话剧和广播剧。不久前，书评家康慨先生告诉我，他正在读我刚出炉的《烛烬》译稿，激动得禁不住大声朗读，并摘出他最喜爱的关于音乐、友情、孤独、衰老的段落发给我，说书写得好，也译得好，我心里不仅感到安慰，还感到一种"古代君子"的情愫在胸中涌流，我希望，它能通过我的翻译在我身上留下一部分，也能让读者们通过阅读留下一些。

《真爱》是一部婚姻小说，通过两段长长的独白，先出场的是妻子，随后出场的是丈夫，从两个截然不同的阶层、视角、修养和感受讲述了同一个失败的婚姻。他们两个都以自己的生活经验判断对方，都以自己的真实看待这段婚姻。按照马洛伊的观念，这个婚姻注定是失败的，因为与生俱来的修养差别和阶层烙印。其实这个观点，作者在《一个市民的自白：考绍岁月》中就清楚地表述过："大多数的婚姻都不美满。夫妻俩都不曾预想到，随着时间的推移，有什么会将他们分裂成对立的两派。他们永远不会知道，破坏他们共同生活的潜在敌人，并不是性生活的冷却，而是再简单不过的阶层嫉恨。几十年来，他们在无聊、世俗的冰河上流浪，相互嫉恨，就因为其中一方的身份优越，受到过良好的教育，姿态优雅地攥刀执叉，或是脑袋里有某种来自童年时代的矫情、错乱的思维。当夫妻间的情感关系变得松懈之后，很快，阶层争斗便开始在两个人之间酝酿并爆发……"

《草叶集》是马洛伊流传最广的散文集，谈人生，谈品德，谈理想，谈哲学，谈情感，为那些处于痛苦之中和被上帝抛弃的人指点迷津。作者在 1943 年自己的日记里写了这样一段感人的话："我读了《草叶集》，频频点头，就像一位读者对它表示肯定。这本书比我要更智睿、更勇敢、更有同情心得多。我从这本书里学到了许多。是的，是的，必须要活着，体验，为生命与死亡做准备。"

与马洛伊同时代的大诗人尤若夫·阿蒂拉（József Attila）高度称赞他，称他为"匈牙利浪漫主义文学伟大一代的合法后代"。

7

浪漫主义作家的生活并不总是浪漫的，更准确地说，浪漫主义作家通常会比常人更多一层忧患。在新一场战争临近的阴霾下，马洛伊的精神生活越来越沉重。他的自由主义思想、与主流文化的冲突和他桀骜不驯的个性，以及他犀利的语言和独立的人格，都使他在乱世之中从不动摇意志，从不依附任何势力，从不被任何思想冲昏头脑，他与左翼的激进、暴力保持距离，他对右翼的危险时刻充满警惕，因此使得当时各类右翼对他的厌憎就像二战后左翼对他的记恨一样深，无论哪派都视他为"难斗的天敌"。

1934 年 10 月 12 日，对马洛伊来说是个悲伤的日子，他父亲的去世对他打击很大。虽然父亲很少跟他在一起生活，但在精神、品德和修养上给予他潜移默化的影响非常大。中学毕业时，马洛伊曾写信向好友倾诉，并这样描述自己的生活榜样："一个许多人敬重但很少有人喜欢的人，一个从来不向外部世界妥协、永远没有家的人。也许在这个坍塌的家里正是这个将我们维系在一起：无家感。"父亲的死，使马洛伊陷入内心更深的孤独，当时很少写诗的他，在悲痛中写了一首《父亲》。

1930 年代初，德国纳粹主义日益嚣张，托马斯·曼于1930 年 10 月 17 日在柏林贝多芬厅发表著名的《德意志致词》，直言不讳地称纳粹主义是"怪僻野蛮行径的狂潮，低级的蛊惑民心的年市上才见的粗鲁"，是"群众性痉挛，流氓叫嚣，哈利路亚，德维斯僧侣式的反复诵念单一口号，直到口边带沫"，为此受到希特勒的迫害。马洛伊与托马斯·曼的观点一致，他也率先在匈牙利报纸上撰文，提醒同胞提高警惕，结果遭到本国的民粹主义者憎恨，视他为激进的左派分子。1935 年，他与流亡的托马斯·曼在布达城堡会面，更坚定了他的反法西斯立场。

1939 年 2 月 28 日，罗拉为马洛伊生了一个可爱的儿子，取名"克利斯托夫"，但孩子只活了几个星期，不幸死于内出血。从那之后，马洛伊写了一张字条放在文件夹里带在身边，字条上写着："克利斯托夫，亲爱的克利斯托夫！你别生病！！！"葬礼之后，他长达几个月沉默不语，写了一首诗《一个婴儿之死》：

> 他留下了什么？他的名字。
>
> 他头发的香气留在梳子上。
>
> 一只维尼熊，他的死亡证明。
>
> 一块带血的破布和一条绷带。
>
> 世界的万能与全知啊，
>
> 我不懂，为什么要对我这样？
>
> 我不叫喊。活着并沉默。
>
> 现在他是天使，假如存在天使的话——
>
> 但这里，在地下，一切都无聊和愚蠢，
>
> 我不能原谅任何人，永远不能。

就在马洛伊丧子的同年，二战爆发，马洛伊感到十分悲愤，他在《佩斯新闻报》上发表了一篇题为《告别》的文章，写道："现在，当黑暗的阴云笼罩了这片高贵的土地，我的第二故乡，它的地理名称叫欧洲：我闭上了眼睛，为了能更清晰地看到这一瞬间，我不相信，就此告别……"

8

1944 年 3 月 19 日，德军占领了匈牙利。马洛伊在日记中悲愤地写下："耻辱地活着！耻辱地在百日行走！耻辱地活着！……我心里仿佛有什么东西在 3 月 19 日破碎了。我听不到我的声音；就像被乐器震聋了耳朵。"

三天之后，作家夫妇逃到了布达佩斯郊外的女儿村（Leányfalu）避难，当时，罗拉的父亲被关入了考绍市的"犹太人集中区"，罗拉的妹妹和两个孩子跟他们在一起。马洛伊还在日记中记录了一件事：曾有一个女人找到他们，说只要他们付一笔钱，就可以让他们在盖世太保的秘密帮助下搭乘一架红十字会飞机飞往开罗，但被马洛伊回绝了……后来证明，马洛伊的决定使他们幸运地躲过一劫，搭乘那架飞机的人全部被送进了德军在奥地利境内建造的茅特森集中营。这一年，他没有出新书。

1945 年 2 月，马洛伊在布达佩斯的公寓于空袭中被炸成了废墟，六万册藏书的毁灭，象征了文化的毁灭。战火平息后，马洛伊创作的新戏《冒险》公演大获成功，他用这笔收入买了一套一居的公寓，在那里住到 1948 年流亡，之后他母亲住在那里直到 1964 年去世。

战后，有关当局请马洛伊出任匈牙利-捷克斯洛伐克友好协会主席，被他拒绝了，因为他无法在自己的家乡被割让、自己的同胞被驱逐的情况下扮演这个玩偶，他说："恐怖从法西斯那里学到了一切：最终，没有人从中吸取经验。"他不但拒绝当主席，还退出协会表示抗议，这一态度，自然受到左翼政府的记恨，他被视为危险的右派、"与新社会格格不入的资产阶级残渣"。

回顾历史，无论右派左派，都是对马洛伊先攻击，后拉拢，拉拢不成，打压噤声；最后，连他的肉身存在都会令当权者不能容忍，于是逼迫他流亡西方……不过有趣的是，马洛伊在文学上卓越的造诣、优雅的风格和高超的水准使他的作品充满了魅力，令人欲罢不能，不管持有哪派观点的人都忍不住会去读他的书。因为不管他写什么都会独树一帜，都会触动人心，都拥有不容否认的文学价值和人文思想。

1947 年，马洛伊虽然当选为匈牙利科学院院士，拥有名衔和勋章，但由于他的文学风骨、他的抗拒性沉默、他与主流文学保持清醒的距离，最终他仍难逃脱当局的打压。1948 年，马洛伊永远地离开了故乡。

　　自从 1948 年 8 月 31 日马洛伊和罗拉离开匈牙利后，至死都没有再回到那片土地。他们走的时候十分孤独，没有人到火车站送行。在瑞士，匈牙利使馆的人找到他问："您是左派的自由主义作家，现在 95% 您想要的都得到了，为什么还要离开？"马洛伊回答："为了那 5%。"

　　他们先在瑞士逗留了几周，之后移居意大利的那不勒斯，在那里一直住到 1952 年。1949 年，马洛伊仅用了三个月的时间，写完了他的又一部重要作品《土地，土地……！》，这部回忆录讲述了流亡初期的生活，直到 1972 年才正式出版。在《一个市民的自白：我本想沉默》被发现之前，这本书一直被评论界视为《一个市民的自白》的第三部，现在看来，它应该是第四部。马洛伊在《土地，土地……！》中写道："我之所以必须离开，并不仅仅因为他们不允许我自由地写作，更有甚者的是，他们不允许我自由地沉默。"

　　在意大利期间，他开始在《自由》日报和"自由欧洲电台"工作。

9

1952 年，马洛伊和罗拉移居美国纽约，并在伦敦出版了流亡生涯中写的第一部作品《和平的伊萨卡岛》。1954 年在《文化人》杂志发表长诗《亡人的话》，被誉为 20 世纪匈牙利诗歌的杰作。身在异邦，心在家乡，马洛伊曾在纽约的中央公园里写过一首小诗《我这是在哪儿？》，流露出他背井离乡的无奈和惆怅：

> 我坐在长椅上，仰望着天空。
>
> 是中央公园，不是玛格丽特岛。
>
> 生活多么美好——我要什么，就得到什么。
>
> 这里的面包有股多么怪的味道。
>
> 怎样的房屋和怎样的街道！
>
> 莫非现在叫卡洛伊环路？

这是怎样的民众啊！——能够忍受匆忙的脚步。

到底谁在照看可怜祖母的坟茔？

空气醉人。阳光明媚。

上帝啊！——我这是在哪儿？

　　1956 年 10 月，匈牙利爆发了人民自由革命，马洛伊在"自由欧洲电台"进行时事评论。次年，马洛伊夫妇加入了美国国籍。1967 年马洛伊夫妇移居意大利南部的萨莱诺市。

　　1973 年，马洛伊和罗拉去维也纳旅游以纪念结婚五十周年，但没有回近在咫尺的祖国。自从马洛伊流亡后，匈牙利查禁了他的作品。1970 年代，匈牙利政府为了改善国际形象，不仅解禁了马洛伊的作品，而且邀请他回国。然而，马洛伊的骨头很硬，他表示只要自己的家乡还不自由，他就决不返乡，甚至禁止自己的作品在匈牙利出版。1974 年底他们返回美国，1980 年移居圣地亚哥，在那里度过晚年。

　　20 世纪，欧洲有许多文人过着流亡生活，但很少有谁流亡得像马洛伊这样决绝和孤独，他的骨头本来就很硬，流亡更是把它磨砺成了钢铁。托马斯·曼战后也没有回德国，但他可以说"我在哪里，德国文化就在哪里"。德国人都在读他的书，以这位坚决的反法西斯作家为荣。可马洛伊呢？

他的匈牙利文化在哪儿？他代表的高尚文化已经成为历史，冷战的文化充满了谎言，即便他的祖国不禁他的书，他也自己坚持沉默，捍卫自己坚守的道德价值和文化价值，不与政治和流行为伍，但他一生没有放弃母语写作，也不为西方的市场写作。流亡期间，他不停地写作，没有出版社给他出书，他就自己出钱印，至少罗拉是他的读者。

流亡期间，他先后出版了长篇小说《圣热内罗的血》（1965）、《卡努杜斯的审判》（1965）、《在罗马发生了什么》（1971）、《土地，土地……！》（1972）、《强壮剂》（1975）、《尤迪特……和尾声》（1980）、《三十枚银币》（1983）、《青春集》（1988），诗集《一位来自威尼斯的先生》（1960）、《海豚回首》（1978），戏剧《约伯……和他的书》（1982），以及1945年至1985年的《日记》。在这些作品中，最重要的除了《土地，土地……！》外，就该算《尤迪特……和尾声》了。

其实，《尤迪特……和尾声》是《真爱》的续篇，以一对情人独白的形式，将四十年前写的故事延续到了现在，延伸到了美国，为逝去的时代和被战争与革命消灭了的"市民文化"唱了挽歌。毫无疑问，作者在书里留下了自己的影子——站在被炸毁的公寓废墟中央，站在几万卷被炸成纸浆的书籍中央，直面文化的毁灭。这是马洛伊一生唯一一部续写的小说，可见他对这部书情有独钟。作者去世后，《真爱》和《尤迪特……和尾声》被合订在一起出版，就是读者将要读到的中文版《伪装成独白的爱情》。

在流亡的岁月，马洛伊除了与爱妻罗拉相依为命，不离不弃，还领养了一个儿子亚诺士，亚诺士结婚后生了三个孩子，他们成了作家夫妇的感情慰藉。然而岁月无情，从1985年开始死神一次次逼近他，他的弟弟伽博尔和妹妹卡托于这一年去世。1986年1月4日，与他厮守了半个多世纪的爱妻罗拉也离开了他；秋天，他那位电影导演的弟弟盖佐去世。1987年春天，养子亚诺士也不幸去世，白发人送黑发人，马洛伊再次陷入深深的悲痛。就在这年秋天，他留下了遗嘱。

10

1988 年，随着东欧局势的改变，匈牙利科学院和匈牙利作家协会先后与他取得联系，欢迎他叶落归根，但他还是没有动心。岁月和历史已经让他失去了一切，他不想失去最后一分对自由理想的坚持。

遗憾的是，马洛伊未等到祖国自由，他太老了，太孤独了。

1989 年 1 月 15 日，他在日记里写下了最后一行："我等着死神的召唤，我并不着急，但也不耽搁。时间到了。"

2 月 20 日，他写了最后一封信给好友、遗稿托管人沃罗什瓦利·伊什特万（Vörösváry István）夫妇，他在信中写道："亲爱的伊什特万和亲爱的伊莲：我心灰意懒，不能再这样下去了。我始终疲乏无力，再这样下去，很快就不得不进医院接受看护。这个我想尽量避免。谢谢你们的友谊。

你们要好好照顾彼此。我怀着最好的祝愿想念你们。马洛伊·山多尔。"

2月21日，马洛伊在圣地亚哥家中用一枚子弹结束了自己的生命，他以自由地选择死亡这个高傲的姿态成为不朽。"所有的一切慢慢变成了回忆。风景、开放的空间、我行走的大地，所有的一切都充满了启示。所有的一切都讲述着这条遭到损毁、已然流逝、痛苦而甜美的生命，所有的土地都粘挂着无可挽回的、残酷的美丽。也许，我还有很少的时间。但是我要作为死者经历我的人生：我的羞耻（这个羞耻就是在这里维生，就是我在这里度过的生命之耻）不允许做另外的判决。"马洛伊生前曾这样说。1942年，他还写过一首《在考绍》的诗，在中年时就平心静气地讲述了生与死的轮回：

> 严肃的，令人回忆的
> 与亡者以你相称的
> 与先人相互慰藉的
> 骄傲和独一无二的
> 旅行，这也是宿命——
> 我从这里开始，或许

　　　　　　　　　　　　　　　　我本想沉默

也在这里结束。

就在马洛伊离世那年的秋天，东欧剧变，柏林墙倒塌，匈牙利也发生了体制改革。他自由的梦实现了，但他提前去了天上。从1990年开始，他的全部作品在匈牙利陆续出版，政府还追授他"科舒特奖章"，这是历史上第一次将这个奖章颁发给亡者。从某个角度讲，马洛伊这根流亡的骨头以他的坚忍不屈，战胜了残酷的时间。匈牙利还设立了慧眼识珠的"马洛伊·山多尔文学奖"，推出了一位又一位的后继者，其中包括继承了他精神衣钵的凯尔泰斯。正如匈牙利文学评论家普莫卡奇·贝拉所言："假如，有过一位其生活方式、世界观、道德及信仰本身等所有的一切就代表着文学的作家，那么毫无疑问，这个人就是马洛伊·山多尔。在他的文字里，可以找到生命的意义；在他的语言中，可以窥见个体与群体的有机秩序，体现了整个民族的全部努力和面貌。"

马洛伊一生都没有放下笔，总共写了五十多部作品，长达十几卷的《日记》具有极高的历史、文学和思想价值。去世后，他的全部作品在匈牙利出版，留下的遗稿也陆续面世，新出版了至少有二十多部著作。

"死亡的诗人仍在勤奋工作"，这是马洛伊曾经形容他的文学启蒙恩师科斯托拉尼·德热时写下的一句话，实际上这句话也适用于他自己。

很希望译林出版社的这几本马洛伊作品只是我们认识马洛伊的开始，也希望这位已成为天使的老作家能通过文字坐到我们中间，他是凡间极少见到的高尚、独立、聪慧、坚忍、柔情、勤奋，而且品质上几乎没有瑕疵的人。即便因为他，我也愿相信：存在天使。

2022 年 1 月 22 日，布达佩斯

图书在版编目（CIP）数据

一个市民的自白. 我本想沉默 ／（匈）马洛伊·山多尔
著；余泽民译. —南京：译林出版社，2023.1
（马洛伊·山多尔作品）
ISBN 978-7-5447-9361-2

Ⅰ.①—… Ⅱ.①马… ②余… Ⅲ.①长篇小说－匈
牙利－现代 Ⅳ.①I515.45

中国版本图书馆 CIP 数据核字（2022）第 137205 号

Hallgatni akartam by Márai Sándor
Copyright © Heirs of Márai Sándor
Csaba Gaal (Toronto)
Simplified Chinese translation copyright © 2022 by Yilin Press, Ltd
All rights reserved.

著作权合同登记号　图字：10-2017-715 号

Portrait copyright © Bartosz Kosowski

一个市民的自白：我本想沉默 ［匈牙利］马洛伊·山多尔 ／ 著　余泽民 ／ 译

责任编辑　张　睿
装帧设计　陆智昌
校　　对　王　敏
责任印制　颜　亮

出版发行　译林出版社
地　　址　南京市湖南路 1 号 A 楼
邮　　箱　yilin@yilin.com
网　　址　www.yilin.com
市场热线　025-86633278
排　　版　南京展望文化发展有限公司
印　　刷　中华商务联合印刷（广东）有限公司
开　　本　787 毫米 ×1092 毫米 1/32
印　　张　7.25
插　　页　4
版　　次　2023 年 1 月第 1 版
印　　次　2023 年 1 月第 1 次印刷
书　　号　ISBN 978-7-5447-9361-2
定　　价　62.00 元